Serie Bianca Feltrinelli

W0312303

EZIO MAURO

L'UOMO BIANCO

© Giangiacomo Feltrinelli Editore Milano
Prima edizione in "Serie Bianca" ottobre 2018

Stampa Grafica Veneta S.p.A. di Trebaseleghe - PD

ISBN 978-88-07-17346-2

FSC
www.fsc.org
MISTO
Carta
da fonti gestite in
maniera responsabile
FSC® C021883

www.feltrinellieditore.it
Libri in uscita, interviste, reading,
commenti e percorsi di lettura.
Aggiornamenti quotidiani

IL RAZZISMO
È UNA
BRUTTA STORIA.
razzismobruttastoria.net

L'uomo bianco

“Se il Grande Spirito avesse voluto che io fossi un uomo bianco, mi avrebbe creato così. Invece ha messo nei vostri cuori alcuni desideri e altri nel mio, e sono diversi.”

Toro Seduto

1.
La caccia

Preannunciata dalla musica molto alta, con i Disturbed che uscivano dalle casse e sembravano martellare proprio lui con i timbri dell'hard rock ("Are you ready? We see you"), l'auto risaliva piano via dei Velini e il sabato mattina impigrito di Macerata, quel 3 febbraio 2018, giorno di san Biagio. Con i finestrini abbassati, l'uomo guardava i due marciapiedi, a destra e a sinistra, rallentava dovunque vedeva persone muoversi da lontano, sole o in gruppo. Faceva così da qualche chilometro, come se cercasse qualcosa, o aspettasse qualcuno, o avesse un appuntamento in città, nelle strade, nelle piazze, nei giardini e poi, svoltando, davanti ai bar del centro. L'andatura dell'Alfa 147 nera era sempre la stessa, lui non aveva fretta. Non doveva arrivare da nessuna parte, doveva solo trovare quel che stava braccando, senza sapere quando e dove lo avrebbe incontrato.

Era pronto fin dal mattino, quando pagando due caffè e un pacchetto di Yesmoke nere (quelle italiane, pesanti, da 3 euro e 80) al bar del distributore Rancia sulla superstrada, salutò le due ragazze al banco: "Adesso vado ad ammazzare il negro di Pamela". Più o meno lo stesso annuncio al ragazzo che gli aveva appena fatto il pieno di metano: "Vado a sparare ai negri". Ecco a cosa serviva l'attrezzatura che si era portato in macchina: il giubbotto mimetico grigioverde, due caricatori con la molla difettosa ma pieni di proiettili, una scatola con cinquanta cartucce per il rifornimento e soprattutto lei, la pistola Glock 17 calibro 9×21, matricola wsc787, appoggiata sul sedile del passeggero. Carica.

Ogni tanto la cercava con la mano destra, mentre guidava. La toccava, la posava, poi la prendeva di nuovo. Con un'occhiata, dopo una curva, controllava che fosse al suo posto. A casa nessuno sapeva del porto d'armi, doveva nascondere la pistola in cassaforte, la tirava fuori soltanto quando si chiudeva nella sua stanza da solo e non poteva arrivare qualcuno a sorpresa. Lucida, fredda all'impugnatura, l'aveva scelta su consiglio di uno che conosceva e che sembrava esperto, quando nel 2014 pensava di andare a vivere con la sua ragazza in una casa di campagna un po' fuori, isolata, meglio stare in guardia, al giorno d'oggi non si sa mai. Gli aveva suggerito la Glock, gliene parlava benissimo, la decantava nei suoi trentatré pezzi dicendo che era il massimo e lui l'aveva presa, pagandola qualcosa in più di 600 euro. Ma aveva dovuto nasconderla subito. I proiettili non entravano in cassaforte, e per questo li doveva portare sempre nel bagagliaio dell'Alfa, stando anche attento che non si vedessero quando davanti a casa apriva e chiudeva il portellone.

Se sua madre avesse saputo della Glock sarebbe stato un disastro, il panico. Non sa dire che cosa sarebbe successo. Doveva fare tutto di nascosto, c'erano già tanti problemi, non voleva aumentare la confusione e soprattutto l'agitazione e l'ansia. Diceva che si fermava in palestra, e andava ad allenarsi al tiro: appena tre volte, per provare subito, immediatamente dopo aver preso il porto d'armi. Andava al poligono della Pieve, un tiro a segno da 50 e 25 metri, non lontano dalla zona dove abitava suo padre. Non era un esperto, ma sapeva tenerla in mano, la pistola con i suoi 700 grammi, puntare, chiudere un occhio, tendere il braccio senza tremare e premere il grilletto. Sparava ai bersagli di carta, alle sagome, la mira poteva migliorare ma intanto andava bene così. Per quel che gli serviva, aveva imparato.

Per il resto, pensava che, anche se non era un appassionato di armi, sarebbe stato un buon soldato e forse gli sarebbe pure piaciuto, a un certo punto aveva persino immaginato la carriera militare: aveva diciotto anni, gli era davvero venuta voglia di mollare tutto ed entrare in un altro mondo, l'idea lo aveva tentato per un po', la divisa e tutto il resto, ma poi la malattia della madre lo aveva fermato. Giusto, sbagliato? Il fatto è che lui era pronto ad accettare l'ordine e la disciplina ma era un solitario, come dovrebbe spiegare a tutti quel soprannome tatuato sul collo, a sinistra, in quattro lettere: "Lupo".

Lupo è solo anche stamattina presto, quando all'improvviso decide di cambiare programma. Si è svegliato alle otto e mezzo, quaranta minuti per doccia, barba, rasatura dei capelli, come sempre. È un tipo preciso, uno che ci tiene, basta vedere come cura il fisico. È uscito da casa della madre in via Brodolini 96 a Tolentino, dove ha la sua stanza, con in mano la sacca blu da ginnastica per la palestra, l'Officina di Fidia a Corridonia, dove tre giorni alla settimana fa bodybuilding. Dall'altra palestra, quella che frequentava prima, è dovuto andarsene, perché era entrato troppe volte con il braccio alzato nel saluto romano, qualcuno aveva protestato con il titolare, che era un suo amico ma era venuto a parlargli dicendogli di lasciar perdere e di sparire per un po'. Tanto, un posto vale l'altro, se hai voglia di faticare. Una volta era grasso, ci vuole metodo, impegno e costanza per trasformare il grasso in muscoli, quei muscoli che adesso lo proteggono, mentre lui li mette in mostra. Non salta un allenamento. Anche oggi: sacca nel bagagliaio dell'Alfa, radio subito accesa. Ed ecco quelle notizie su Pamela Mastropietro che riempiono l'abitacolo, rimbombano, sembrano saturarlo.

D'altra parte tutti in città parlano solo di questo dall'altro giorno, il 30 gennaio, quando la ragazza di diciott'anni, dopo aver lasciato la comunità di recupero per tossicodipendenti "Pars", era finita nella mansarda di Innocent Oseghale, nigeriano di 29 anni, in via Spalato a Macerata, ed era stata poi ritrovata con il corpo fatto a pezzi e rinchiuso in due trolley lasciati in una strada di campagna a Pollenza.

Ma stamattina ci sono i nuovi elementi dell'autopsia, particolari della distruzione cruenta del cadavere dopo il delitto. Sembra che la radio quei dettagli orribili, impossibili da ascoltare, li abbia tenuti riservati per lui, e oggi venga a raccontarglieli qui in macchina perché Lupo non possa sfuggire e li ascolti. Uno scempio, un macello senza pietà. In pochi minuti, mentre il notiziario è finito e lui guida in modo automatico, tutto sta già avvenendo nella sua mente: tutto cambia, tutto finisce e ricomincia un'altra volta. "Adesso basta," continua a ripetersi. Basta. È come se si stesse chiudendo violentemente una porta, qualcosa di nuovo sta prendendo corpo, non sa misurarlo, sente salire l'inquietudine, la rabbia lo spinge ad agire, sa che lo farà, sta per farlo, è arrivato il momento: è ora. L'auto si ferma, poi inverte la marcia, accelera, adesso va di corsa. Lupo torna a casa.

Dice alla madre che lo hanno chiamato al telefono, deve andare subito a Macerata. Ormai ha fretta. Posa la borsa, prende la pistola, è la prima cosa: cinquanta pallottole sono già al loro posto, nascoste e pronte in macchina. Poi, la vestizione. Prima la maglietta nera con le maniche corte, come si mostrerà nell'ultima scena. Sopra la felpa scura, e infine il giubbotto grigioverde, dove infila la Glock. È come se quel giubbotto militare con le tasche profonde fosse stato comprato per questa giornata, mettendolo addosso si sente protetto. Un'occhiata intorno prima di uscire: ha tutto quel che gli serve.

Sa perfettamente cosa vuol fare. Anzi cosa deve fare. Per lui è un obbligo, non può resistere, sta già correndo, tutto è chiaro. È il momento del pieno di metano, del caffè e dell'annuncio, che nessuno prende sul serio, mentre lui vede nel bar i giornali con i titoli che parlano del delitto. Qualcuno quando lo sente annuisce, qualcuno gli dice "Fai bene", ma la gente alla fine si fa i fatti suoi. Eppure è proprio lì, in quel luogo dove s'incontrano la sua paura e la sua vendetta che comincia davvero tutto dal punto di vista operativo, dell'azione, si dice così?

Come chiamarla adesso quella cosa che sta appena prendendo forma: contraccolpo, reazione, ribellione? O castigo, rivalsa, punizione? Rappresaglia? O addirittura purificazione? Non sa, non se lo domanda nemmeno, adesso lo muove l'istinto, lo trascina la rabbia, lo eccita il taglione e questi impulsi lo portano dove deve andare.

All'inizio non sapeva niente di Pamela, non conosceva i particolari della vicenda, i turni di lavoro non gli lasciavano il tempo per pensare ad altro. Poi un giorno mentre è sul furgone da macellaio ascolta per caso un notiziario alla radio e mette a fuoco un dettaglio: il corpo martoriato di quella ragazza era stato ritrovato a Pollenza, proprio dove abitava la sua fidanzata più importante, dove lui era andato quasi ogni sera per otto anni, su quella strada che conosceva benissimo. Da quel dettaglio è entrato dentro la storia, e la storia si è trasformata in una fissazione, portando tutto lo sporco – ne era convinto – dentro la sua vita.

Pamela lo ossessionava perché assomigliava troppo alla sua prima ragazza, che lui non era riuscito a strappare alla droga. Per come la viveva lui, un fallimento. E da un anno lottava con l'ultima ragazza, anche lei tossica, le faceva le prediche, la pedinava, quando la sorprendeva con gli spacciatori prendeva a calci e pugni la macchina, una volta aveva lasciato addirittura il suo posto da buttafuori per andare a prenderla con la forza dalle mani di uno di loro e portarla via con la sua auto. Pamela riassumeva e trasfigurava tutto questo, con una fine ingiusta e tremenda. E Lupo, che voleva essere il salvatore delle sue due ragazze e non c'era riuscito, passando dall'esaltazione alla frustrazione ogni volta, adesso poteva almeno essere il vendicatore, di Pamela e non solo: magari salvandone altre, perché bisognava pur dare un segnale che non si può continuare così. Appunto, "adesso basta".

È con questa spinta quasi automatica che è arrivato fin qui, e nessuno per strada sa che quella macchina che avanza piano in realtà sta tracciando un percorso di caccia. Lupo è cacciatore, guida e vedetta. I marciapiedi scrutinati metro per metro dai finestrini aperti per essere pronto in ogni istante, la strada in salita inquadrata nel parabrezza al rallentatore, la musica fortissima che circonda tutto, intontisce ed eccita, trascina. Gli era già capitato qualche volta in fabbrica, con le cuffie nelle orecchie e la musica che lo stordiva, di muoversi come fosse un automa, senza sentire più niente, non solo la voce e i rumori, ma nemmeno la fatica e il dolore. Adesso, di più. Gli sembra di essere in un videogioco, sì proprio quello, GTA, dove bisogna abbattere i nemici con ogni mezzo.

Sente l'adrenalina che lo trasporta, la "fiamma

dell'odio" che lo brucia, la pistola a fianco che lo esalta. Ormai deve fare qualcosa, agisce e si vede agire da fuori, è a un punto di non ritorno, pensa che la sua è "una spedizione contro il male". Può soltanto andare avanti. Quell'Alfa lanciata a cercare la vittima per le strade diventa così un ordigno ideologico, un dispositivo politico armato, uno strumento abusivo di vendetta pubblica e un meccanismo tribale di purificazione. E Lupo è alla guida di tutto questo. Nello scoppio del passaggio all'azione tutto si unisce, l'ideologia del suo odio razziale, la pistola vendicatrice, la giustizia privata, il sangue innocente, la distruzione scambiata per redenzione.

Come nel videogioco, è solo contro tutti. Ma è la realtà, e lui la conosce perfettamente. Gli capita sempre, come un destino. Prima per scelta degli altri, e lui subisce e ci sta male, poi da un certo punto in poi la scelta diventa anche sua. Un bozzolo intorno e lui dentro. Si è adattato, non ci fa più caso, è quasi una seconda natura, forse una condanna, sicuramente un'abitudine. Addirittura una decisione. Ti abitui a sentirti distaccato dall'ambiente che ti circonda, ci stai ma non ci stai, e anche con l'umore è la stessa cosa, vai su e giù, ti sembra di esplodere e sfoghi l'aggressività in palestra, poi l'esaltazione passa, ti deprimi e fai anche fatica a dormire. Tutto da solo, tutto dentro di te.

Sembra che non gli pesi, la solitudine, tanto che quando non scelgono gli altri, lo decide lui stesso. Lo fa quando chiede di lavorare per tre mesi nel servizio antisciacallaggio per le zone terremotate a Tolentino e a Castelraimondo, un po' per guadagnare, un po' per star lontano dai problemi di casa, un po' perché così sei tu l'unico responsabile di tutto e questo ti dà la carica. Un vero lavoro da lupo, manca solo di ululare alla luna, quando c'è. Perché devi stare tutta la notte e tutte le notti in mezzo alla neve alta più di un metro, con un gran freddo, meno sette, meno nove, a sorvegliare il vuoto, nel buio con la desolazione di una landa quasi disabitata attorno: da solo, spuntando appena dallo spigolo di un container, nel gelo che ti circonda. Di giorno poi dormi per forza, così poco per volta – già che hai pochi amici – perdi anche le conoscenze, tutti ti chiedono che fai, ti dicono ma dove sei finito, non ti si vede più, perché tre mesi sono lunghi e vissuti al rovescio, tutti di notte, diventano infiniti e conosci davvero il fondo della solitudine, anzi, scopri lo speciale piacere di star solo, mentre ti immagini ogni notte come sarà il ritorno nella civiltà che non arriva mai e che tu non vuoi nemmeno più.

In fondo il lupo, anche se è un animale sociale da branco, caccia solitario. Anche per questo lo ha scelto come simbolo. Non l'orso, non l'aquila. Il lupo. Sai che c'è sempre, nel bosco, ma non lo vedi. Hai il terrore di veder spuntare i suoi occhi che ti guardano all'improvviso. Devi stare in guardia, perché ti può saltare addosso in ogni momento. Sa dove nascondersi, sa quando attaccare. Non ha paura di tornare alla vita solitaria. Ecco perché lui stamattina è arrivato da solo su questa strada in salita che sbuca nel centro di Macerata, con un peso sullo stomaco enorme, mentre guida verso il gran finale della storia. Ma prima deve trovare quel che cerca. Minacciare gli spacciatori è inutile, denunciarli è tempo perso, gli agenti hanno troppo da fare, non serve a niente. Pamela, le due ragazze che voleva salvare e che si sono perse si sovrappongono e adesso gli ritornano davanti, insieme, come se fossero la stessa storia, la sua storia. Lo tirano dentro, fino in fondo. Proprio lui, Lupo il solitario, quello che tutti snobbavano, il tagliato fuori. Adesso dovranno fare i conti con lui.

Improvvisamente capisce come sia arrivato il momento. Anzi, più che capire – non è la parola giusta – lo sente attraverso il corpo, perché adesso è carico, tutto diventa troppo e allora entra come in una nebbia e vede una cosa fissa e una soltanto, che in quel momento è il suo obiettivo, quel che vuole trovare perché vuole raggiungerlo e lo vuole colpire.

Tutti gli impulsi che lo dominano, l'odio razziale, l'ideologia, lo schifo per la droga che lo tormenta per la sua ragazza, adesso si potenziano, trascinandolo fin qui. Tutti lo vedranno, tra poco. Coglieranno i suoi segni. E allora finalmente capiranno. Subito aveva pensato di puntare verso il tribunale, aveva sentito che stamattina interrogavano il nigeriano. Poi ci ripensa: sarà protetto, ci sono sicuramente i carabinieri, e in più lui non conosce gli ingressi giusti, non sa quali sono gli uffici, meglio rinunciare. Parte verso Sforzacosta, passa in rassegna le discoteche della zona che al mattino sono chiuse, come per una prima ricognizione, quasi un preannuncio della caccia, l'apertura. Poi raggiunge gli abituali luoghi di spaccio, ma a quell'ora anche i suoi incubi sono vuoti: non c'è nessuno.

E adesso infine l'Alfa della vendetta sale in via dei Velini, a due passi da piazza della Vittoria a Macerata. Spuntano lassù gli stendardi bianchi e rossi della Conad che si muovono al vento per attirare i clienti, lui li vede da lontano. Conosce tutto perfettamente, sa che la pescheria è chiusa il lunedì, il sabato e la domenica, che il menu giornaliero è a 6 euro e 90 con roast beef o polpettone e verdure bollite o patate, a scelta, più mezza bottiglia d'acqua. Quando guarda dalla parte opposta vede la Banca Unipol e la rubinetteria Arredobagno, con i condomini a due piani. Tutto come sempre, il paesaggio italiano di provincia, un sabato normale alle dieci del mattino.

Ma un momento, attenzione. Ha un soprassalto, si

aggrappa al volante, accelera. Ha visto qualcosa. Due uomini camminano sul marciapiede di destra, proprio davanti alla Conad. Da lontano sembrano quel che sta cercando. Si avvicina, rallenta, loro non si voltano, gli danno le spalle, non hanno nessun motivo di allarme. Sono alti. Parlano. Sembrano giovani. Soprattutto sono neri. È quel che conta, quel che voleva. Luca Traini, detto Lupo, li ha trovati. Con la mano sinistra tiene il volante dell'Alfa 147. Con la destra impugna la pistola. C'è ancora la musica nell'auto, ma Lupo adesso non la sente quasi più. Si ferma un attimo, in mezzo alla strada vuota, tende il braccio verso il finestrino del passeggero completamente abbassato. Prende la mira. E per tre volte spara, spara, spara.

2.
Il corpo

Le guerre spesso si annunciano prima della loro dichiarazione ufficiale, come una corruzione malsana dello spirito dei tempi. Decenni di pace, di tolleranza, di pratica quotidiana della pedagogia democratica non tutelano, non garantiscono, soprattutto non immunizzano. Come se non avessimo accumulato niente, non avessimo messo da parte storia, non avessimo risparmiato saggezza nei tempi migliori, per conservarne un poco di riserva, oggi.

Dove comincia e dove finisce, come cambia la normalità italiana? Proprio la deformazione di noi stessi e del nostro costume civile è qualcosa che non vediamo più, di cui non ci accorgiamo perché si consuma quotidianamente consumandoci. Siamo contemporaneamente attori, spettatori, venditori e clienti, vittime e protagonisti di un mutamento facilitato dal nostro microadattamento, ottuso perché inconscio ma costante, in ogni caso progressivo, apparentemente inesorabile.

Se scegliamo una settimana qualunque, tra fine giugno e inizio luglio 2018, mentre la temperatura saliva a 32 gradi, il governo litigava con Macron sui migranti, la Juventus trattava Ronaldo, troviamo un'infinità di piccoli fatti sensibili e simbolici sul tema identitario che sono stati scartati dalla grande disattenzione collettiva, digeriti prima di essere considerati, metabolizzati senza essere valutati, dunque avvenuti senza lasciare alcuna traccia sociale o culturale, introiettati nella vena del Paese sotto la sua soglia cognitiva.

Prendiamone tre a caso. Ad Alassio un ragazzo dalla pelle scura che vende libri in spiaggia viene cacciato da un cane che lo rincorre mentre intorno tutti applaudono, perché Speed, come spiega la padrona, "ringhia solo quando passano i negri, li riconosce dall'odore". A Torino il procuratore della Repubblica Armando Spataro è assalito sui social per aver firmato una circolare con direttive per contrastare le discriminazioni e i reati aggravati da odio razziale: "Rimuovetelo", "Mandatelo a casa", "Prenda gli immigrati nel suo salotto", "Spataro crepa".

Sempre a Torino due uomini con un coltello e un cane aggrediscono a calci e pugni Ahmed, profugo del Darfur, seduto su una panchina davanti alla parrocchia dell'Ascensione, finché arrivano i carabinieri. Ma prima dell'arresto, ci interessa la domanda: "Perché sei qui, negro di merda?".

Non era così, non lo permettevamo a noi stessi. Sciolto dai vincoli sociali, autorizzato a pensare soltanto a sé, soggetto sperimentatore di un nuovo concetto di ego-libertà a sovranità limitata, l'individuo sposta ogni volta i suoi propri limiti, autorizzato dal silenzio-assenso che lo circonda, e consuma la sua autonomia non come emancipazione, ma come licenza.

Non è una questione di galateo, ma di cifra materiale della democrazia, di suo valore d'uso, nel consumo quotidiano. La cultura civile di un Paese è il risultato dei suoi comportamenti privati – il suo "costume" – e dei suoi atti pubblici. Il problema è che spesso non avvertiamo gli scostamenti di civiltà perché avvengono in parallelo ai mutamenti del sentimento collettivo dominante. Lo stesso vento influenza gli uni e l'altro, soggetti al medesimo cambio di clima sociale. Così noi – potremmo dire in pessima buona fede – pensiamo di essere addirittura rimasti uguali a noi stessi, mentre in realtà siamo divenuti soggetti individuali di un cambiamento collettivo, che trasforma alla fine lo spazio storico in cui viviamo.

Vediamo le nostre paure, ingigantite e dilatate, e non vediamo come agiscono su di noi, cambiandoci, inducendo comportamenti inattesi, suggerendoci grandi silenzi, piccole viltà, nuove complicità, inedite insensibilità. È tutta una scala privata, invisibile – dunque socialmente senza alcun prezzo da pagare –, che si scende passo dopo passo e giorno dopo giorno, verso la condivisione implicita di un'atmosfera sociale, di un nuovo decalogo italiano, di un vocabolario collettivo trasformato: che ci trasforma.

Sono le regole del discorso pubblico quotidiano che vengono riscritte senza parere. A ben vedere, è il contratto sociale della postmodernità, e nessuno ha discusso pubblicamente come riformularlo, su che carta, con quale penna, con la firma di quali parti in gioco. Bisognerebbe aggiungere: con quanto silenzio intorno, quanta connivenza, quanta banalizzazione, quanta assuefazione. Quanta capacità di adattamento all'improvviso insorgere di veri e propri iceberg d'inciviltà dentro la consuetudine che credevamo regolare e regolata della nostra vita, magari insignificante, comunque rassicurante. Perché aveva un codice, riconoscibile e riconosciuto. Quel codice è saltato, travolto dalle continue autorizzazioni che diamo a noi stessi, dalle violazioni insistite, dalle infrazioni tollerate. Anche di linguaggio, naturalmente, rivelatore di fantasmi. Primo fra tutti il colore della pelle che ritorna, la primordialità della cute, dei pigmenti, l'idea antica che "alla base delle differenze di popolo e di nazione stanno delle differenze di razza, perché il concetto di razza è puramente biologico", come sosteneva il "Manifesto degli scienziati razzisti" del 1938.

Una follia sconfessata dal sapere scientifico, che ha svelato l'impostura sociale del razzismo. Ma che riemerge in forma moderna, sfrondata dal peso delle grandi ideologie, sminuzzata nelle piccole provocazioni quotidiane, usata come sovraccarico della violenza, come conferma spaventata di un sé smarrito e inconsapevole, come giustificazione, sempre con la scusa della paura; o invece addirittura senza alcuna scusante, come accade ormai molto spesso, senz'altra ragione che non sia quella urlata contro un uomo indifeso su una panchina a Torino, Mirafiori Nord: "Perché sei qui, negro di merda?".

In quella frase inconsapevolmente sono enunciati tutti i termini del conflitto e dello smarrimento. "Perché" indica l'incomprensibile rovesciamento del mondo che stordisce l'individuo isolato, sommerso dal moto della globalizzazione che lo sovrasta. Perché è capitato proprio a lui di trovarsi a contrastare la contaminazione dei due mondi, perché la loro sovrapposizione è accaduta dentro il suo spazio e nel suo tempo, dentro il suo orizzonte biografico e domestico?

Trasformando l'altro in alieno occupante, come se in ogni momento, per ogni migrante, la partita fosse personale – uno a uno, corpo a corpo – e riguardasse lui personalmente, proprio lui, senza scampo: "Perché sei qui?". Perché io e te ci troviamo insieme? E proprio "qui", in questo spazio che considero mio, perché ci abito, perché ci hanno vissuto i miei genitori e ora ci sono sepolti, dunque qui custodisco i miei Lari e i miei Penati, che oggi sento in pericolo perché il mondo mi assomiglia sempre meno. E io do la colpa a te, insieme con tutta la colpa dell'altro mondo che sento ostile e che riassumo e riconosco in te.

Perché tu non sei come me, sei "negro", razza condannata, mentre io mi sento protetto dalla mia pelle, garantito dal suo colore, convinto come sono dalla cifra della cute trasformata in insegna di far parte dell'area egemone del mondo. Non solo: tu sei "negro-di-merda", dunque razza inferiore, diversa e subordinata, da cui voglio marcare subito e definitivamente la mia alterità ripetendo quella frase tutta insieme, d'un fiato, di corsa, come se fosse una parola sola. E infatti ormai è così.

C'è in tutto questo un misto di superiorità e di paura quasi indistinguibili (affermare continuamente la mia supremazia mi permette di tenere a bada la mia inquietudine, fingendo di non sentirla), un miscuglio che mi legittima ad aggredirti, a urlarti contro, a insultarti. Intanto senso di superiorità e sensazione di smarrimento si agitano in un conflitto perenne perché non è giustificabile razionalmente, dunque non riesce a trovare pace, scivolando progressivamente nella sua regressione sempre più disadorna e primitiva.

Finché incontra l'ultima e originaria stazione, l'elemento ancestrale della pelle. Immagine, proiezione di sé, ma anche rivestimento, involucro e protezione, barriera e insieme ostentazione fino al marchio autoimposto e poi esposto del tatuaggio, fino all'illusione chirurgica che cerca un'altra giovinezza proprio nella promessa di una seconda vita nascosta nell'epidermide. Dunque perennemente simbolo, insieme fragile e sacro di riconoscimento, conservato attraverso i secoli, le maledizioni e le invocazioni divine, le trasfigurazioni, le seduzioni, i contagi, i contatti, le malattie, di nuovo le fobie. Simbolo che pulsa, in cui si va a recuperare oggi, nell'oscurità della crisi, la rassicurazione delle identità naturali, corporali, biologiche. Ma dove si va a cercare anche, nella medesima sostanza, il fondamento spaventato delle differenze umane.

Si torna smarriti alla pelle, al suo colore, al sangue, catena dell'eternità che risale fino al mistero venerato delle radici originarie di un popolo. Pelle, vene, carne e sangue, rifugio e linfa del cuore, custodia di vita perenne della specie e della sua trasmissione attraverso il passaggio nelle generazioni, che porta dentro di sé il terrore panico della caducità, della dissoluzione e della corruzione, e tuttavia antidoto atavico e improvvisamente modernissimo al timore oscuro della dispersione identitaria: che oggi vive l'angoscia nuovissima di finire inghiottita nel buio ostile del nulla globalizzato.

La pelle dello straniero, il suo colore diverso, lo stereotipo impronunciabile del "negro" tornano immediatamente a essere un'ossessione, attraversando i secoli e caricandosi di significati impropri, che la scienza ha smontato nei decenni, a uno a uno. Simmetricamente, il sangue che scorre sotto la "nostra" pelle diventa una contro-ossessione, una sorta di mito-rifugio dove cerchiamo asilo nell'involucro somatico e autorassicurazione nel guscio identitario, una specie di protezione fisica, ma prima di tutto – e infine – conferma di ciò che sentiamo più labile e fragile, più esposto: noi stessi, sapendo che proprio da questa materia primigenia nasce la scintilla che porta alla guerra in corso della modernità contro se stessa.

Come in guerra, infatti, ormai contano solo i corpi. I corpi, l'acqua, la terra, come se fossimo tornati alle categorie primordiali: e non a caso si aggiungono attorno a noi i muri, i fili spinati, i respingimenti, i morti nel mare. I numeri provano a contrastare questo racconto, illustrando un'altra realtà. Ma i numeri hanno soltanto la forza della razionalità, che può poco contro la passione simbolica dei corpi che sembrano tornare da un'altra epoca, le emozioni che sono capaci di suscitare, la loro forza evocativa che affonda nei secoli.

I corpi degli altri, naturalmente, dei migranti. Noi siamo un insieme, formiamo una società, abbiamo dei rappresentanti che agiscono per noi, ci muoviamo attraverso strutture di intermediazione, non mettiamo i nostri corpi in prima linea, se non per vanità o per seduzione, mai per necessità. Non più.

Loro non sono nulla di tutto ciò: non persone, non individui, non cittadini. Senza diritti di rappresentanza, non hanno nessuna organizzazione che esprima i loro interessi, nessuna istituzione che li tuteli, nessun soggetto che li rappresenti. Così i corpi agiscono conquistando un'autonomia di presenza a cui non siamo abituati e spiegano se stessi mentre si muovono, corpi-testimoni di una vita, interpreti di un mondo, pieni di significato nella loro riduzione estrema al nulla.

Corpi disarmati, nudi, senza nient'altro che una pretesa ostinata, testarda, di sopravvivere, nel senso letterale di trovare una nuova occasione di vita, una speranza: aprendosi con la forza della disperazione uno spazio nella porzione di terra che noi crediamo nostra perché l'abitiamo.

Contando i corpi, sommandone la quantità, dividendoli per quote, separandoli tra genitori e figli, chiudendoli in gabbie, noi li riduciamo a ingombro indifferenziato, a massa indistinta, e facendolo azzeriamo ogni valenza umanitaria, civile, giuridica, eliminiamo l'universalità morale dei diritti dell'uomo, la titolarità soggettiva dei diritti del cittadino.

E così, per questa strada, noi annulliamo la politica, mettendola fuori gioco. Se non ha a che fare con persone, individui, cittadini, soggetti, ma con cose, oggetti, ostacoli e masse d'impedimento, la politica infatti è impotente, anzi è sterile, fino a diventare inutile. Con gli uomini e le donne ridotti a quantità contano solo le leggi della fisica, e anche il suo linguaggio. Tutto diventa fisico, materiale, corporeo: dentro, fuori, chiusure, barriere, frontiere. La politica è sospesa, anzi declina riducendosi fino a farsi imprigionare anch'essa, quando si arriva al punto da disegnare una ruspa su una felpa per eccitare la folla di un comizio, nel Paese di Machiavelli e di Guicciardini, come se non ci fosse nemmeno più bisogno di parole.

La riduzione da persone a corpi, da corpi a quantità, da quantità a ingombri, da ingombri a eccessi, da eccessi a rifiuti agisce anche sul linguaggio, brutalizza i concetti, autorizza un'inversione morale. Il ministro degli Interni non persegue una politica, ma un pugno di ferro, calato con voce feroce nei confronti dei più deboli, i migranti. Sembra aver scommesso su una sorta di brutalità programmatica, una specie di crudeltà virtuale continuamente annunciata e di inclemenza politica insistita perché oggi l'impietoso è un plusvalore e la ferocia delle parole produce un sicuro reddito al banco di una politica impazzita. Siamo oltre il politicamente scorretto: siamo qui, nel brutale impolitico, un cortocircuito emotivo e muscolare che è insieme allarme e presidio, immediatamente percepibile come un pugno.

Sul piano della realtà, il sovranismo si morde la coda, Austria e Germania vogliono ricacciare indietro i migranti arrivati in Italia e finiti in Europa, minacciano addirittura di chiudere le frontiere con l'Italia, i nuovi amici del gruppo di Visegrad rifiutano di ospitare anche un solo migrante sbarcato in Italia. Ma sul piano mediatico, nel respiro corto delle battute da social network o da talk show passa l'idea di un Paese sotto la minaccia sospesa di un'invasione incombente, sollecitato di continuo sulla coppia migrazione/sicurezza, tenuto in uno stato di perenne eccitazione. Quasi vivesse costantemente con un microfono davanti, interrogato sempre dalla stessa domanda: hai paura di avere paura?

Ricordati di avere paura è infatti l'esortazione costante dei moderni predicatori che battono le nostre contrade e picchiano alle nostre porte come monaci medievali. Imprigionati nel sortilegio, ci accontentiamo di replicare il concetto – paura – moltiplicandone l'eco all'infinito, fino a rimanere imprigionati nel suo rimbombo, senza sforzarci di aprirlo per guardare cosa c'è dentro, o semplicemente senza alzare una mano di fronte all'avanzata furiosa di senso comune, dicendo: un momento, dove stiamo andando, come siamo cambiati, perché siamo arrivati fin qui? In realtà ci troviamo davanti a un concetto talmente chiuso in sé da non presentare punti d'attacco a prima vista, indiscusso semplicemente perché indiscutibile, non scalfito dalla verità dei numeri che parlano della realtà del Paese, e quindi in grado di sopravvivere al di là dell'evidenza, dunque idoneo ad assumere una natura addirittura metafisica: e a questo punto, si capisce, direttamente politica perché già naturalmente ideologica.

Sembra anzi che, nella disarticolazione del sociale operata dalla crisi, l'unico messaggio che arrivi da quel che chiamavamo società sia proprio un riflesso di paura inviato alla politica perché si conformi, e gerarchizzi tutto a questa priorità allarmata. Togliamo per un attimo di mezzo (come se fosse facile, al punto in cui siamo) gli imprenditori della paura, che non usano la politica per risolverla ma per incrementarla in un circolo vizioso che incatena il cittadino ai suoi demoni, invece di emanciparlo nella sicurezza della libertà. Ma è stupefacente come tutto il resto sia abbacinato dalla paura, inchiodato dal suo suono antico di parola d'ordine che riecheggia dentro il contemporaneo, sedotto dal fascio paralizzante di energia interdittiva che emana, invece di distinguere a una a una le cause che la generano, certamente le migrazioni, ma non solo: l'impoverimento, il restringimento degli orizzonti, l'incertezza del futuro, la solitudine, la perdita di controllo, la crisi della politica, il deficit di rappresentanza, l'indebolimento della democrazia.

Tutte malattie antiche, curabili con medicine strettamente politiche, senza bisogno di miracoli, invenzioni o stregoni. Solo che la sinistra, abituata ormai all'omeopatia, non si ricorda più la sua ricetta classica, quella che dovrebbe attraversare il tempo e lo spazio e che invece è stata lasciata sbiadire nell'illusione di inseguire chissà quale scorciatoia della modernità. Per finire impigliati proprio qui, nelle tenebre premoderne degli incubi ancestrali, come se fossimo regrediti dentro le mura di una città medievale.

Abituati per inerzia e per comodo a dare la colpa di ogni cosa alla politica, non cogliamo in tutto questo la sconfitta nostra, della cosiddetta società civile. Se il mondo si è rinchiuso, infatti, quella chiusura è avvenuta sopra di lei, cioè sopra di noi: com'è possibile che l'ottimismo della vita, l'energia positiva della spontaneità sociale non abbiano spazzato via l'ombra nera di questa paura, riaprendo uno spazio franco alla realtà? Perché non siamo stati capaci prima di tutto di rassicurare, confortare, assistere, convincere? E poi di riaprire le piazze, riprendere le strade, rasserenare le città riconquistandole dalla confisca dello spavento trasformato in cattiva politica, riconsegnandole ai cittadini?

Un gesto collettivo e clamoroso di governo, una costruzione politica finalmente sensata, una ribellione morale vera, e non finta. E invece siamo stati tutti a guardare, mentre la falsa credenza di un'emergenza generale s'insediava come un serpente sul trono vacante di una politica spodestata, offrendo la mela bacata della paura a una pubblica opinione disarticolata, ma più ancora gregaria: soprattutto sedotta, pronta a trasformarsi in senso comune, già attraversata e convertita dall'eco della paura del mondo.

A questo punto è naturale che i corpi finiscano per dire tutto, per dire troppo, anzi per urlare, rivestendo la loro nudità spoglia addirittura con un sovraccarico di significato. Corpi neri, imbruttiti dalla fame, spiritati dalla paura di quello che hanno visto: perché c'è da fare i conti con la loro paura, non solo con la nostra. Corpi straccioni. Disperati. Senza mediazione della politica agiscono in proprio, come messaggeri d'allarme per la popolazione locale.

Soprattutto e inevitabilmente per la parte più debole, più anziana, più sola, che vive questa contiguità della diversità come una minaccia all'uniformità, una rottura dell'omogeneità del piccolo universo domestico che in qualche misura fino a ieri era controllabile, almeno comprensibile, in ogni caso familiare. Temono che si spezzi la consuetudine dei percorsi esistenziali distinti ma in qualche modo coerentemente intrecciati, delle storie familiari condivise, delle pratiche di vita sperimentate insieme dentro una stessa tradizione, in un qualche spirito comunitario residuo, comunque in una unità di luogo.

Reagiscono con l'avarizia del welfare, con la gelosia del poco benessere disponibile, con la privatizzazione dei diritti, con l'improvvisa indisponibilità a condividere. Poi tutto si condensa, e tutto scoppia, in un paese qualsiasi della lunga periferia italiana come Gorino, una frazione sul delta del Po che nell'ottobre del 2016 ha organizzato un blocco stradale per impedire l'arrivo di dodici donne straniere con i loro figli nell'ostello requisito dal prefetto: "Qui non c'è niente.

Niente per noi che ci siamo nati: figurarsi per gli altri". La paura del corpo estraneo.

Potrebbe finire sui manuali di storia dei nostri anni complicati questa frase che spiega come dall'egoismo del niente possa nascere una vera e propria guerra per il nulla in cui viviamo, ma che non vogliamo dividere con nessuno. Stiamo parlando di un borgo che ha l'ospedale più vicino a sessanta chilometri, il medico che viene in paese un'ora al giorno e se ne va, gli uomini che sono fuori in barca dal mattino presto fino al tardo pomeriggio perché vivono di pesca, quell'ostello funziona anche da bar, è l'unico centro di ritrovo.

Dovrebbe far riflettere il fatto che l'unica volta in cui il paese si sente comunità, agisce insieme, trova un'espressione collettiva, è davanti alla notizia che stanno per arrivare dodici richiedenti asilo. È il fantasma dei corpi. Gorino non ha stranieri, tutti sono del posto. Ma ugualmente reagisce ribellandosi al sindaco di Goro, al prefetto, al colonnello dei carabinieri che promettono di far fermare le migranti una sola notte. "Cosa vengono a fare qui? Abbiamo già i nostri guai, non ne vogliamo altri."

La verità è che questa è una spia di come la superficie sottile della civiltà italiana – la solidarietà cristiana, la fraternità socialista, il buon senso compassionevole liberale – si stia sciogliendo nei punti più deboli della nostra geografia sociale, nelle aree ghettizzate, ma anche nelle isole del privilegio, nelle cinture del rancore. A Gorino si sentono esposti, si scoprono vulnerabili, diventano gelosi del poco che hanno, egoisti di tutto: o appunto di niente, perché l'egoismo sociale funziona anche come forma identitaria di riconoscimento e di autorassicurazione. Va così in scena una vera e propria lotta di classe in formato inedito, che mette di fronte la modernità esausta e logorata della democrazia occidentale con la primordialità dei mondi disperati che prendono il mare.

Gli ultimi si trovano davanti i retrocessi, che non vogliono concedere agli stranieri un millimetro di spazio sulla terra che abitano. Se non si sentissero spodestati dalla crisi, non si considererebbero sfidati direttamente dai corpi dei richiedenti asilo che bussano alla nostra porta: non si sentirebbero "concorrenti", invidiosi di quell'elemosina sociale che l'Europa elargisce con un'accoglienza riluttante, mandando i carabinieri a requisire sei stanze di un ostello vuoto in una stagione turisticamente morta. "Noi non siamo razzisti" ripetevano gli abitanti di Gorino sulle barricate, ed erano sinceri. Ma il Paese è giunto al punto – già da anni – in cui il welfare si trasforma in privilegio, la coscienza di sé diventa esclusiva, la paura spiega l'egoismo, il destino degli altri non ci interpella: purché non qui da noi, finiscano dove vogliono, finiscano come possono, finiscano comunque. Purché finiscano.

È la presa d'atto pubblica, conclamata e consacrata nel senso comune, di una sottoclasse umana che non ha diritti e non può pretenderne, perché non assimilabile e dunque in esubero, quindi superflua, infine inutile. Quanto alla sua pretesa di sopravvivere, alla sua ricerca disperata di libertà a costo della vita, è qualcosa di talmente sproporzionato che riguarda il mondo intero: non noi, non ora, soprattutto non qui.

Spostando l'ingombro, celandolo, crediamo di rimuovere il problema, come se la leva della ruspa azionasse la politica, sostituita con il bando. Abbiamo ricreato l'ultima, modernissima categoria di banditi. Ci basta bandirli per non vederli, respingerli per allontanarli, non farli avvicinare per proteggerci, contenerli per separarci da loro. Non capiamo che solo un'Europa che abbia un ministro degli Interni dell'Unione e una politica estera unitaria – più Europa, non meno – può gestire il fenomeno responsabilmente e insieme democraticamente.

Ma una responsabilità democratica interessa a qualcuno? Dovremmo pretenderla, imporla, costruirla, invece di mettere in campo misure burocratiche e fisiche di selezione, le liste delle lingue e dei dialetti, la richiesta di esaminare i denti dei ragazzi richiedenti asilo per capire se sono bambini, minori o adulti, i segnalatori di battito cardiaco e i rilevatori di CO_2 al porto di Calais quando arrivano i camion, per scoprire dal respiro se ci sono esseri umani nascosti.

È impressionante come in questa regressione culturale tutto ritorni al corpo, origine materiale di ogni cosa: il respiro, il rumore del cuore, i denti e le impronte delle dita. Quei corpi sono già diventati merce politica, sono la posta in gioco, ormai fissata, di ogni elezione prossima ventura, finché non muterà la fase e la paura non lascerà il suo posto a capotavola. Ci occupiamo molto più dell'uso di quei corpi che del destino di quelle persone.

Eppure qui, proprio qui, la democrazia è davanti alla sua contraddizione della modernità: deve rispondere alla domanda di sicurezza che le viene rivolta dai suoi cittadini, e deve rispondere all'appello di disperazione che le arriva dai migranti. Sono due interpellanze contraddittorie, che la spingono verso politiche opposte, a tutela di interessi divergenti: come può la democrazia dichiararsi insensibile a una delle due restando intatta, o almeno innocente?

Ci vorrebbe la politica, che è stata concepita per colmare i vuoti, gettare i ponti, inventare soluzioni. Ma gli istinti prendendo il potere l'hanno messa fuori gioco, o almeno in secondo piano, costringendola a giocare di rimbalzo, assecondando il senso comune, scambiandolo per buon senso. Così il campo è deserto, viviamo nell'autonomia della paura, accompagnata dal risentimento, espresso in una ribellione.

Quando tutto torna agli elementi primordiali – l'acqua e la terra, i muri, i fili spinati – la democrazia entra in difficoltà, come se fosse soltanto un'infrastruttura della modernità incapace di governare questa regressione. O meglio, come se fosse un meccanismo costruito e oliato per funzionare solo negli anni del benessere (quando la ricchezza da distribuire si regola da sé come equilibratore sociale) e incapace invece di governare questa grande regressione che non sappiamo dove finirà. Cosa stiamo sperimentando? Semplice: la torsione è tale che la democrazia si trova improvvisamente davanti alla prova dell'universale. Valori che abbiamo sempre professato come universali, alla verifica della crisi rattrappiscono, sembrano riservati solo a noi: le garanzie per i garantiti, che non le vogliono condividere, e intanto svalutano nell'uso concreto il loro valore generale.

Ci accorgiamo così che i corpi segnalano le difficoltà a spartire con altri il concetto di libertà, che sta mutando sotto i nostri occhi, con la nascita di un'inedita ego-libertà contraria alla responsabilità della compartecipazione. Ma il concetto di libertà non può contenere in sé una riserva, un discrimine: salvo cambiare natura, in attesa che qualcuno gli inventi un nuovo nome, adatto a sopravvivere significando la privatizzazione della nostra epoca.

La questione vera è a un passo, ed è composta da due elementi, entrambi inediti: la povertà sta diventando una colpa, introiettata nella coscienza collettiva e nel codice politico dominante; nello stesso tempo il ricco è ormai sciolto da ogni vincolo di società nei confronti del povero, è "libero" nei suoi riguardi, in tutti i sensi. Anche politicamente non ne ha più paura, perché il povero non ha un partito che agiti i suoi interessi, una classe che lo rappresenti, una visibilità sociale. La stessa parola fa ancora parte di un vocabolario antico, in cui agiva in coppia con il "ricco". Da solo, dovrebbe trovare una nuova definizione, che lo fotografi dov'è e com'è oggi, più che povero ormai fuori scala, espulso, tagliato fuori. Il messaggio partito dai corpi arriva fin qui.

Naturalmente camminando in Occidente – se potessero farlo – quei corpi scoprirebbero di avere dei diritti grazie alle Costituzioni, di poter diventare cittadini attraverso il rispetto delle leggi, di crescere in autonomia attraverso il lavoro, di tornare a essere dunque persone, uomini e donne attraverso le ordinarie facoltà della democrazia. Ma quando arrivano, quando partono, pretendono solo libertà – è questa la domanda che dovrebbe imbarazzarci – e una sponda per il futuro dei loro figli. Anzi, l'urgenza è più primitiva e disperata, sta in una parola: cercano sopravvivenza e nient'altro, perché spogliati da qualsiasi cittadinanza, da ogni soggettività dei diritti, da qualunque condizione giuridica salvo quella di clandestino. Sono nuda vita davanti al potere sovrano, come dice Agamben. Addirittura qualcosa di meno: esseri esposti al pregiudizio. Che la politica ha già trasformato in misura ostile, in bando, in rifiuto, legittimandoli.

Non sentiamo più il richiamo del sacro che viene da una vita spoglia che chiede inerme di vivere. È il sacro di un'interpellanza che giunge da condizioni così radicali nell'estremo dell'esistenza e dell'impotenza, che ci rendono automaticamente – qualunque sia la nostra condizione materiale – titolari e debitori di una risposta. E c'è infatti qualcosa di sacrilego nel considerare questa violenta riduzione dell'uomo a nuda vita come un corpo d'ingombro, un numero, una pura quantità da respingere, qualcuno "da non mantenere".

Corpi marchiati, numerati, rinchiusi, accatastati, catalogati nella loro estraneità da bandire, perché si portano addosso la nuova, modernissima forma del peccato originale: il peccato d'origine. Vale per i migranti come vale per gli zingari, non a caso evocati polemicamente dal ministro degli Interni non per il loro agire, ma per il loro essere ("Facciamo un censimento per vedere chi, come, quanti sono"), insieme agli uomini dei barconi.

C'è dunque un metodo in questa teoria, ed è la procedura implicita della selezione, la tecnica della discriminazione. Avviene prima individuando mediaticamente una minoranza, poi con la sua trasformazione politica in devianza, quindi indicando polemicamente le sue condizioni come un privilegio, infine con la promessa ideologica di misure discriminatorie che metteranno fine a questi presunti abusi, con il sottinteso che vengono praticati ("la crociera", "la pacchia") a danno degli italiani.

Ma c'è anche l'abuso costante dell'ignoranza della storia. Bisognerà pure rileggersi di che cosa la colta e nobile Europa è stata burocraticamente e ottusamente capace nel pieno della sua prima modernità novecentesca nei confronti degli ebrei, e ben prima della soluzione finale. Di questo stiamo parlando. Si inizia con i cliché colpevolizzanti, i preconcetti, che proiettano espulsione simbolica, seguono i comportamenti che provocano esclusione sociale, si aggiungono le misure che realizzano esclusione discriminatoria: Pierre-André Taguieff lo spiega bene, ricorda la tecnica della differenziazione, la compressione crescente dei diritti e la progressiva riduzione dello spazio di cittadinanza. La strumentazione ottusa di queste azioni è esattamente la ricognizione censuaria, la "lista", perché sulla distinzione tra la popolazione legittima e gli "altri" si basa l'intento della salvaguardia del "noi", della purificazione.

Dunque la neutralità burocratica e l'innocenza tecnica del "censimento" sono in realtà gli strumenti apparentemente neutri di un'operazione politica di delegittimazione, discriminazione ed emarginazione che la storia ha conosciuto. Tecniche amministrative al servizio di pratiche di governo ideologiche per cercare, stanare, registrare, additare, distinguere, e soprattutto separare persone. È il timore panico di sempre che ritorna: l'ansia fobica del diverso, dell'infiltrato forestiero, quindi alieno, per questo sanguisuga nel corpo mistico puro e incontaminato della nazione, da preservare nei suoi elementi fondamentali, la pelle bianca e il sangue, origine dei miti della specie e della razza.

Ovviamente non è nemmeno il caso di dire che i contesti sono diversi, i personaggi fortunatamente sproporzionati, uguale soltanto il silenzio degli intellettuali. Ma il grumo ideologico, nel suo piccolo, è intatto, quando trasforma il migrante o lo zingaro in colpevole davanti al tribunale del popolo, inventa il peccato d'origine e ricorre al meccanismo tribale del capro espiatorio: nel quale non a caso non sono i cittadini a decidere ma è la folla, che dopo la crisi ritroverà la sua unità attraverso il sacrificio caricando sul capro espiatorio tutte le colpe di tutti, ed espellendolo dalla comunità. Una comunità ridotta a tribù, come una riserva indiana.

D'altra parte, chiediamoci cosa significano quei muri, quel filo spinato, quelle ruspe innalzate a manifesto del nostro mondo, per chi ci guarda dal bordo della disperazione. Testimoniano paura, egoismo, privilegio, parzialità nell'esercizio dei diritti. I muri metaforici o fisici tengono fuori i corpi altrui ma intanto recintano i nostri, li perimetrano e li rinchiudono.

Dopo la stagione dell'abbattimento delle frontiere, con il mondo a portata di mano, siamo nuovamente tornati a parlare di spazi, chiusure, zone, permessi, ponti levatoi e dentro questa perimetrazione identitaria ci stiamo sperdendo credendo di proteggerci, mentre osserviamo il rimpicciolimento dei nostri orizzonti, i blocchi progressivi a cui scegliamo di assoggettarci.

Con il "close" che prende il posto dell'"open", una nuova misura del mondo ha sostituito i meridiani e i paralleli del passato, cambiando le mappe che regolano la nostra vita e le relazioni con gli altri. Scopriamo improvvisamente che la fisica influenza la metafisica, gli spazi che si restringono ubbidendo alla crisi modificano la nostra scala di valori e i giudizi di merito. Nella società aperta in cui ci stavamo abituando a vivere, il cosmopolitismo sembrava una seconda natura: con le sue lingue franche, la moneta comune, il cibo fusion e universale, la musica condivisa su Spotify, i ragazzi dell'unica tribù di Erasmus, i voli low cost per abbattere il costo della distanza, le strade dello shopping uguali in tutte le capitali, una squadra di calcio per cui fare il tifo a Madrid, a Manchester o a Monaco, come a Torino, a Napoli o a Milano.

Nella società che si rinchiude, la terra e gli spazi diventano dominanti, la fissità è sicurezza, il movimento è trasgressione, perché è paura della diversità, di veder sbiadire la vernice del conforme e dell'omogeneo in cui ci riconosciamo come in una scatola di specchi, scambiandola per comunità, e in cui crediamo di riconoscere un mondo che rimpicciolisce ostile, come per Alice, fin sull'uscio sbarrato di casa.

Ma non è una favola. È uno smarrimento di destino, in cui questo terrore della fluidità, del mutamento, questa ossessione dell'immutabile e del costante non risolve le inquietudini che nasconde, perché Bauman ci ha avvertiti da tempo che oggi nulla dura abbastanza a lungo da essere pienamente acquisito. Ecco perché sotto il battito continuo dell'onda postmoderna resistono solo i risentimenti, le emozioni, come nelle fasi di decadenza quando si vive nella percezione di una fine d'epoca, saltano i criteri che incardinavano il sistema, avanza l'irrazionale, il pensiero antiscientifico, l'eresia che nega il mondo così com'è, promettendo la salvezza e la redenzione soltanto nell'altrove.

Che sembra fuori dal sistema, a portata di mano, ma in realtà è appena fuori dalla politica, in una dimensione parallela e magica raggiungibile solo dopo un azzeramento culturale di ciò che ci siamo costruiti faticosamente nel quadro della modernità democratica: istituzioni, partiti, valori, tradizioni, storia comune. Fuori da questo orizzonte resta soltanto l'istinto senza storia che si fa politica ribelle a se stessa. Perché questo spaesamento fideistico segna in realtà la fine dell'affidamento alla politica, che aveva accompagnato il lungo dopoguerra democratico italiano.

È in questo vuoto residuale che cresce il vuoto organizzato dell'antipolitica, la promessa del nulla populista, il grande inganno di una regressione nazionale felice che nega il progresso affidando la riuscita dell'Italia a un destino inverso, antimoderno e oscurantista: disegnando nell'Anno Zero e per l'uomo-zero un punto zero della vicenda italiana, fuori da ogni percorso di sviluppo, per un Paese laterale, antico e immaginario dove tutto è sospetto, anche e soprattutto la crescita e l'apertura al mondo. Una psicopolitica che vuole purificare il corpo della nazione più che governare, che vuole proibire più che liberare, che vuole soprattutto far credere ai cittadini desiderosi di un cambiamento che un'alternativa sia possibile solo fuori dal sistema: mentre scarica sul grande corpo della disperazione migrante tutte le colpe del secolo.

E intanto non vediamo che la democrazia occidentale in cui siamo nati e cresciuti, mentre tiene fuori i corpi dei dannati per proteggersi, rischia di perdere il suo spirito universale, riducendosi alla parzialità egoista di un corpo di leggi vacuo e di principi ipocriti. Anch'essa un corpo vuoto.

3.

Il lupo

Nel momento in cui era cominciata davvero la caccia, appena partito dal distributore dove aveva fatto il pieno, mentre controllava con la mano la pistola davanti alla prima curva, improvvisamente ha pensato a sua madre. È stato solo un istante, per poi tornare subito concentrato sulla preda. Ma è un istante che contiene una domanda: stasera lei saprà, e allora? Non ha voluto immaginare come reagirà, come reagiranno tutti, quando scopriranno che ribaltare il corso delle cose tocca proprio a lui, Lupo, 28 anni, celibe, incensurato, diploma da geometra, la testa rasata, tremila euro in banca, unico bene l'Alfa. A lui solo. Come fosse chiamato, convocato per questo. Anzi, segnato.

Lo è. Chi lo guarda adesso capisce. Ma per troppi anni lui ha sparso segnali che nessuno ha raccolto, e tutti hanno fatto finta di non vedere, anche se parlavano chiaro, anzi chiarissimo, e puntavano nella stessa direzione, con il medesimo messaggio. Prima incisioni nella carne, poi scritte sul corpo, quindi autolesionismi, ancora simbologie infuocate sulla pelle. Farsi male per farsi capire, lasciando sul corpo, per sempre, una traccia di quel tormento e di quell'appello. Grida silenziose. Esplosioni mute. Segnali dal buio.

Oggi non li rinnega ma li lega ognuno alla sua epoca, ritrovando ogni volta le ragioni di allora, che per lui sono ancora vive e valide. E improvvisamente tutto si spiega ai suoi occhi, tutto è chiaro come una sequenza logica, ordinata. Anzi, quei segni che porta addosso da anni oggi improvvisamente acquistano per lui un significato che non poteva immaginare mentre se li incideva sul corpo, come fosse un totem pagano capace infine di riassumere in sé ogni cosa, per testimoniare quel che lui vorrebbe urlare a tutti e non sa farlo.

Adesso ad esempio guida, e si guarda le mani sul volante, le allinea per leggere meglio le lettere gotiche scritte sulle nocche: "outcast", emarginato. L'uomo tagliato fuori che rivendica la sua esclusione, se la imprime addosso, ne fa un manifesto disegnato sulla pelle, non la trasforma in un vanto – questo no, non ce n'è bisogno – ma la espone evidenziandola, mentre la ideologizza. La scritta è soltanto l'ultimo intervento sulla sua pelle, tatuato nel silenzio delle notti di vigilanza antisciacallaggio. Come se il corpo dicesse infine la verità, parlando la lingua estrema.

La condizione di escluso, che vive in un mondo parallelo, anzi sottosopra, diventa sentimento, che ha bisogno di esternarsi in fisicità. Sono fuori: anzi, sono talmente fuori che questo si trasforma nel mio marchio, me lo trascino addosso accettandolo definitivamente. Si era autoescluso, con quel lavoro, e adesso si imprimeva l'emarginazione sulla carne, quasi a volerla prolungare, fissandola per farla durare per sempre, rendendola così fisica, dandole una natura materiale, carnale, corporea, portandola a essere parte viva e pulsante di sé, e trasfigurando insieme il suo corpo in strumento simbolico.

Tutto comincia a quattordici anni. Il primo è un vero e proprio gesto autolesionistico dal significato casuale, quando Lupo (che è ancora soltanto Luca) a scuola si incide un numero "1" sulla mano sinistra, seduto al banco durante l'ora di Costruzioni, mentre il professore spiega, i compagni prendono appunti, qualcuno lo vede trafficare con il capo chino, ma nessuno immagina cosa stia facendo. Scava con la chiave del motorino tra il pollice e l'indice, dove la carne è più morbida. "1", e non significa ciò che lui vorrebbe essere, un numero uno, il primo, un vincitore, straziandosi per la distanza fra le attese e la realtà. No, al contrario: quel numero vuol dire che lui ha già perso e lo sa, è rimasto solo con se stesso, può contare soltanto su di sé, ha la piena coscienza di essere un'unità a sé stante, solitaria.

Continua a incidere. Scopre che si può fare, resiste, riesce a finire. Poi scoppia a piangere in classe per il dolore e per la vista del sangue, il professore non capisce cosa sia successo, quel che vede gli sembra incredibile e lo spaventa, ma lo soccorre, lo porta in bagno, lo disinfetta, lo benda, e lui spiega che a casa le cose vanno male, i problemi sono troppi, lo stanno schiacciando, in qualche modo si è sfogato su se stesso facendosi del male e marchiandosi con un riconoscimento: ecco il risultato.

Poi a diciotto anni, mentre è in fabbrica d'estate dopo la bocciatura, senza che nessuno se ne accorga con un taglierino si incide sulla spalla sinistra il segno dei soldati spartani: e racconta che lo ha scelto come esempio di onore, di combattività, di irriducibilità da parte di un guerriero armato contro tutto e contro tutti. Tra i suoi miti c'è *300*, il film sull'eroismo di Leonida alle Termopili. Ecco, adesso, nel vuoto silenzioso della fabbrica estiva durante la pausa per pranzo, lui si è impressa nella carne una piccolissima fessura di quella storia, una testimonianza della sua ammirazione per quel genere di combattente. Uno che fa quel che deve, senza calcoli personali, che non ha bisogno di nient'altro che il suo coraggio. Deve spiegarlo ogni volta, perché nessuno sa più niente di Sparta, figuriamoci di Leonida e delle sue insegne. Ma a lui va bene così, è una cosa che fa per se stesso, non per gli altri.

Gli altri, ci siamo arrivati. Ecco il vero problema, la questione sempre aperta, in famiglia e fuori, la più difficile da risolvere. Lupo ci ha quasi rinunciato. Vogliamo parlare della vita di casa, tanto per capire, al volo? Complicata. Intanto suo padre e sua madre si contendevano lui e suo fratello fin da piccoli, separandoli prima ancora di separarsi. Poi i rapporti con il padre sono stati pochi da bambino e inesistenti da adolescente, litigate a parte, mentre lo zio paterno uccideva per dispetto i gatti e le galline di casa. E a lui pare che il fratello Mirko, che ha sei anni di più, lo abbia sempre colpevolizzato, dicendogli che se non fosse nato, se non ci fosse stata quella seconda gravidanza, alla madre non sarebbe venuto il diabete.

Così si può capire perché anche stamattina aprendo la caccia ha pensato a lei, a sua madre. È tutta la vita che la protegge, prima ancora che avesse la pensione d'invalidità, dormendo con lei da bambino e poi ancora da ragazzo, sempre ascoltando i suoi lamenti ("Voglio morire, è una brutta vita, non ce la faccio più") ogni volta che rientra a casa e la sgrida perché non ha preso le pastiglie d'insulina, quando si ustiona i polpacci con le bottiglie di plastica piene di acqua bollente per riscaldare il letto nell'appartamento freddo, o quando chiama i carabinieri per i litigi continui con il marito, quando invece arriva il 118 perché bisogna andare in ospedale.

A scuola si sente fuori da tutto, ha sedici anni e pesa 116 chili, stress, disordine, in casa si mangia male, si mangia troppo, magari non si mangia per niente. Risultato, i bulli lo prendono di mira, sono il branco, lo attaccano, non lo lasciano mai in pace e lui sente questo odio represso che cova e gli cresce dentro per l'esclusione decisa ogni giorno dai ragazzi della sua età, che non lo accettano. In quinta geometri Lupo non è ammesso all'esame, deve ripetere l'anno, ma l'estate va a lavorare in fabbrica e inizia il bodybuilding, un'altra cosa che puoi fare da solo, tu e la tua dieta ipoproteica. Amici, no: abbracci per un goal al calcetto, naturalmente sì, ma tutto finisce con la partita. Appena hai qualche comportamento strano, chiuso, per i tuoi problemi di casa quelli ti tagliano fuori, non li vedi più, non ti cercano mai. Alla fine, se deve fare il nome di un vero amico, uno solo, Lupo non ce l'ha.

Mentre guida adesso gli viene da dire una parola grossa, e cioè che lo hanno sempre schifato tutti, proprio così, non lo vedevano nemmeno, la società lo ha rinnegato, continuamente, una volta perché era grasso, una volta magari perché faceva il buttafuori e sembrava stare dalla parte dei cattivi, doveva sbarrare la strada a qualcuno, dire dei no. Un'altra volta perché lo guardavano e si capiva che stavano pensando: tu hai una ragazza troppo bella per te, non può funzionare, non dura.

Quand'è così, i periodi più difficili da reggere sono quelli in cui stai senza far niente e infatti lui prova qualsiasi lavoro da quando ha sedici anni, volantinaggio, fabbro, muratore, elettricista, operaio agricolo, macellaio, bigiotteria orafa con placcature di statuette: che va anche bene, ma vuol dire stare ore a contatto con vasche di acidi, cianuri, diluenti, e in ogni caso a causa dei dazi si finiva per lavorare due giorni appena la settimana, non scattava nemmeno la cassa integrazione, e Lupo dava la colpa di tutto questo alle politiche del Pd.

Poi nel 2016 trova lavoro come buttafuori alla Shark Security di Montegranaro, che lo manda alle feste techno davanti ai locali come l'H7 a Casette Verdini, l'Harmonized, il Fat fat fat, il Pepe Nero, il Gate a Corridonia. Non è un bel lavoro, almeno a lui non piaceva, perché vedeva i ragazzi che si sballavano e i proprietari che guadagnavano sulla loro debolezza. E lui stava in mezzo, usando le parole più che le braccia, cercando sempre di ragionare con le persone. Non era né dentro né fuori, doveva impedire agli altri di farsi del male. Stava lì, e si sentiva estraneo, perché vedeva la gente che entrava, ragazzi come lui che bevevano, partivano, e non sopportava quell'odore di sudore dappertutto.

Ragazze? Una storia importante che è durata otto anni, ma è finita e lei già dopo sette mesi si è messa con un italo-siriano. Prima e dopo altre due ragazze più giovani, ma legate a sostanze e spacciatori, e lui odia le droghe che distruggono ogni cosa, fuma poco e ogni tanto, non beve, è pulito. Insomma, con le ragazze solo cose che non durano o che ti deludono, anche se lui non ha mai tradito nessuna fidanzata, è stato con qualche prostituta, ma soltanto nei periodi in cui era solo. Per proteggere l'ultima ragazza dallo spacciatore ha anche perso il lavoro da fabbro, stava sempre a seguirla e sorvegliarla, era diventata un'ossessione, quando la vedeva parlare con quella gente qualcosa gli esplodeva dentro, non riusciva più a controllarsi, forse più per la delusione che per la rabbia.

Ecco perché alla fine si isolava, si autoescludeva, cercava lavori solitari. Eppure durante quelle notti passate a occhi aperti nella neve, mentre misurava la sua poca vita e faceva i conti di quel che perdeva, finiva sempre per difendere di fronte a se stesso la scelta che aveva fatto. Alzava le spalle a ogni obiezione che si faceva nella mente e che ogni volta si smontava da sé. Sai che c'è? La vita è mia, si ripeteva, meglio gestirmela tutta da solo, da padrone, piuttosto che dovermi guardare da finte amicizie o mezzi amori. Tanto è così che mi sono sempre sentito: fuori. Perché alla fine non ho mai avuto veri genitori, veri amici, una vera ragazza.

Naturalmente sa che sua madre gli vuole bene perché gli ha dato la vita, ma è un affetto che nasce dalla natura e da una sorta di vocazione all'allevamento dei figli. E infatti lei trascura la sua salute e sembra non rendersi conto delle ripercussioni che questa continua malattia, malcurata, ha sulla vita dei suoi, un condizionamento costante, senza mai trasmettere in famiglia la serenità che serve a un ragazzo di quindici, diciotto o anche vent'anni. E prima, quei lunghi pomeriggi passati sul divano con un videogioco in mano, a condividere la vita minima della madre, anzi una vita residuale, di scarto, rifiutata ogni giorno, con uno scambio di puro cibo e presenza più che di calore e dialogo.

Bisogna immaginare com'è davvero, la vita di tutti i giorni così. A differenza dei suoi amici, lui tornava a casa e trovava la madre che stava sul letto e si lamentava dei suoi risultati a scuola. E prima il padre che arrivava e protestava perché la cena non era pronta, o la stanza era sporca, e lui, Lupo, non ne poteva più, si tappava le orecchie e alla fine prendeva su e andava a dormire da Arianna. E Arianna che ogni tanto gli diceva che loro due avevano bisogno di starsene soli per un mese, o due, o tre. Insomma, anche lui aveva persone che gli volevano bene, come tutti, ci mancherebbe. Però diciamo così, a strappi, a momenti, ogni tanto e a modo loro: a morsi.

A diciotto anni, è un'estate di depressione, senza Arianna, per un periodo di prova. Lupo è solo in casa, ha nelle mani il ciondolo di metallo a forma di otto che lei gli ha regalato a simboleggiare l'infinito. Torna la tentazione irresistibile di iscrivere il suo malessere sul corpo. Ritornano i segni. Il bisogno di farsi male perché sta male. Gli sembra di non sentire più né la fame né la sete, né il caldo né il freddo. È una di quelle volte in cui è fuori pur essendo presente, "ci sto ma non ci sto", le cose attorno si offuscano e poi si affilano di colpo. Si alza, mette il ciondolo sul fuoco, lo arroventa fino a farlo diventare incandescente. Lo fa più volte finché lo toglie dal fuoco e se lo preme sul braccio destro. Ripete l'operazione, i movimenti, i gesti – sul fuoco, sul braccio – e quando lo racconterà ad Arianna giura di non aver sentito dolore, lui era spento, o meglio, era diventato insensibile come un sasso.

Arriva poi il "dente del lupo", il simbolo runico usato dai nazisti prima della svastica e ancora oggi utilizzato dai movimenti di estrema destra in Europa centrale. Lupo si incide la "zanna" sulla tempia destra, certificando la radicalizzazione di un'ideologia fascista che l'ha conquistato fin da quand'era ragazzo, a quindici anni. Lui cerca una risposta alle sue ossessioni private e ai suoi problemi pubblici, dice in giro che vorrebbe un Paese pulito, che sostiene il suo popolo, una nazione in cui tutti si aiutano e se hai una difficoltà nessuno ti dà addosso, nessuno ti lascia solo. Crede di trovare la risposta nei neofascisti di Forza Nuova, come se cercasse un riflesso d'ordine a compensare il disordine interno e il caos che lo circonda.

Tre anni dopo per lui tutto si incattivisce, tutto diventa più difficile. Contemporaneamente si trova con la madre in ospedale, la ragazza lo lascia, perde il lavoro, si sente depresso. Dorme con il materasso per terra, attorno l'immondizia si accumula, la stanzetta sembra ormai un magazzino dove ogni cosa si raccoglie e tutto è in disordine. Nella confusione, mette insieme i dazi che secondo lui hanno la colpa di avergli reso ballerino il lavoro e i migranti che sbarcano sulle coste italiane, la ribellione contro le droghe e gli spacciatori. La prima manifestazione di Forza Nuova per lui è ad Ascoli nel 2007, Lupo con i suoi simboli sul corpo si sente nell'ambiente giusto, grida gli slogan, alza il braccio nel saluto.

Simboli che comincia a portare in giro, esibendoli, ostentandoli. In macchina ha dei ceri di Mussolini, il Duce e la fiamma. Quando nel 2015 Arianna lo lascia, converte anche l'automobile all'ideologia e comincia ad addobbarla, come se fosse diventata uno strumento puramente politico, un manifesto ambulante, un tempio nero. Scritte di Forza Nuova, di CasaPound e all'interno lungo il tettuccio una bandiera nera dei pirati che ricopre tutto con il teschio.

Tutti questi fantasmi vanno e vengono nella mente di Lupo, mentre con gli occhi cerca "i negri" nella sua battuta di caccia per le strade di Macerata. Poi arrivano gli spari, e chissà se cacciano i fantasmi dalla macchina nera di Lupo, o li radunano lì dentro.

4.

Il forgotten man

Basta fare un passo nel buio, nel vuoto della strada, nel silenzio delle finestre chiuse della casa di fronte per entrare di colpo in quel quadro notturno di Hopper. E qui, una volta dentro, bisogna sbirciare ogni tanto l'uomo con il cappello in testa e il bicchiere davanti alle mani appoggiate sul bancone del bar, che è venuto a sedersi sullo sgabello di fianco: da solo sotto la luce al neon, che stanotte sembra quasi gialla.

Non parla, rimugina. E intanto fuma, perché viene da un'altra epoca e comunque da un mondo dove le abitudini, anche cattive, contano più delle regole. Si capisce che ha un pezzo robusto di vita dietro quelle spalle incurvate, ne ha viste tante, per arrivare stanotte fin qui deve aver superato ogni illusione consumando qualsiasi speranza. Non crede più in nulla, anzi sta in guardia, come se gli avessero tolto qualcosa. Potrebbe raccontarlo, magari a quella donna che beve da sola vestita di rosso: ma forse un'altra volta, stasera preferisce che ognuno si faccia i fatti suoi, il suo silenzio magari farà sentire in colpa il resto del mondo. Tanto basta un gesto per chiedere un altro bicchiere, e andare avanti nella notte.

Eppure, perché ci sembra di averlo già visto, così perfetto e maledetto nella sua solitudine? Perché è il nuovo soggetto pubblico che attraversa l'Occidente dall'America all'Europa, il risentimento universale che cammina, ovunque si condensa, si rende visibile e si mette in proprio, la rabbia che dappertutto si fa politica, forse è meglio chiamarla sottopolitica, addirittura soltanto vendetta sociale. Poco importa. Lui è tutto questo, lui lo sa, è la miccia. È l'outsider che ha preso a schiaffi l'establishment, buttandolo giù dal trono. Il risentimento è appagato: per il resto, vedremo.

Poiché non abbiamo un nome nuovo, per descrivere quest'ultima creatura della mondializzazione usiamo vecchie categorie che hanno contrassegnato fenomeni antichi: antipolitica, contropolitica, ribellismo, populismo. Ma invece quel che accade è figlio legittimo e riconosciuto della postmodernità, anzi del suo Big Bang finale tra la società aperta come mai avevamo conosciuto e la crisi più lunga del secolo, con le chiusure che ha lasciato dietro di sé mentre procedeva, una dietro l'altra, a cascata. A una a una, come dopo i terremoti, cadono le vecchie case della politica novecentesca – i partiti –, si squarciano i grandi contenitori culturali di tradizioni e di valori, come destra e sinistra, ripiegano e si confondono le stratificazioni sociali che davano identità collettiva, coscienza di classe, appartenenza, con un disegno di società che concedeva una dinamica interna e contemplava il conflitto.

Tra le macerie, cammina lui: un superstite solitario, prima scartato dalla crescita, poi ferito dalla crisi, comunque deluso dalla rappresentanza, convinto di aver accumulato un credito che essendo inesigibile ha finito per trasformarsi in una lunghissima cambiale di rancore privato, da spendere o almeno da ostentare in pubblico. Poiché ciò che è accaduto nell'ultimo decennio ha fiaccato le istituzioni, ha reso impotenti i governi, ha spinto ancor più lontano gli organismi internazionali e ha finito addirittura per indebolire la democrazia, l'uomo che si sente solo scopre che nell'improvvisa fragilità del sistema la sua rabbia può diventare un surrogato della politica, potente.

Nel rimescolamento degli scambi e nel sovvertimento dei valori, la marginalità della sua collera chissà come trova un mercato, dunque acquista improvvisamente una rilevanza, scopre degli attori sociali interessati a interpretarla, diventa centrale: tutti ne parlano, da sentimento sommerso, coperto, quasi inconfessabile diviene un pubblico sentire.

La rabbia dell'uomo sconosciuto non riesce a proporre soluzioni, a disegnare progetti e a farsi governo. Ma basta per presentare a chiunque il saldo di tutto ciò che non va, per chiedere conto di un mondo fuori controllo, per dare una colpa universale alla classe generale che ha esercitato il comando fino a oggi, chiudendosi in se stessa per tutelarsi autoriproducendosi. Improvvisamente, nel ribaltamento dei vizi e delle virtù, l'élite ha la colpa di tutto, non solo dei suoi comportamenti ma anche del suo sapere, che è sospetto perché nell'Anno Zero ciò che non germoglia spontaneamente dal nulla sa di casta, come la scienza professionale, la dottrina accumulata, la perizia tecnica.

Alla fine, l'élite è responsabile della custodia e della trasmissione di una cultura legata alla storia e al divenire del Paese, funzione equivoca per chi immagina l'autogolpe perenne delle classi dirigenti, impegnate in un'opera immane di continuo inganno ai danni del popolo.

E qui scatta la molla populista, che unisce l'uomo solo alla nuova predicazione universale che parla di ribellione e di protezione. La politica tradizionale, che gli avrebbe proposto la reintegrazione, l'emancipazione dal rancore, il riscatto, al prezzo della pazienza, delle compatibilità, dei vincoli e delle priorità, ha fallito l'aggancio e da queste parti non si è vista. Nel campo libero è arrivata un'altra politica che cercava proprio lui, fatta per lui, uguale a lui, che non esorcizza la sua protesta ma la incamera. Con il suo linguaggio, le sue paure, i suoi stessi nemici e la medesima convinzione, definitiva: la democrazia così com'è oggi è un inganno, o una confisca.

All'appuntamento con l'uomo solo, si presenta così qui da noi un doppio populismo, senza un progetto per il Paese ma perfettamente in grado di riempire l'immaginario ostile, rancoroso, ribelle che cerca affermazione e rivalsa. Il principio di attrazione reciproca dei due populismi – leghisti e grillini – si basa infatti su un istinto politico di destra che fonda la sua superstizione nativa su un comune racconto della fine del mondo. A ogni passo che compiono nel loro separato cammino, si dipingono alle spalle un paesaggio perenne di macerie e distruzione, un mondo di ieri corrotto e fradicio, che non merita nemmeno di essere ereditato, ma va soltanto soppiantato.

Poco importa che i leghisti siano ormai il più vecchio dei partiti esistenti, abbiano partecipato al banchetto dell'epopea berlusconiana, condividendo tutto, ascesa, titanismo e caduta: il sovranismo salviniano ne fa un partito nuovo, lo proietta ben al di là del Po, sostituisce Odino con Orbán nel pantheon, e Roma con Bruxelles come nemico. Un nuovo mondo che ha dichiarato guerra al vecchio universo dominante. Anzi, ne è uscito fuori, anche se per farlo deve compiere un'inversione di marcia, dichiarare la fine della globalizzazione e del cosmopolitismo, tornare nel guscio degli Stati nazionali, come se il passato fosse il rifugio del futuro.

La fine del mondo è il perenne inizio della storia

grillina. Loro sono nati alla politica per annunciarlo. La continua, meccanica dichiarazione di non essere né di destra né di sinistra, scegliendo come cifra costante una somma zero identitaria, andrebbe aggiornata e completata nella dimensione della storia.

È come se dicessero: noi non abbiamo un prima, e il dopo è irrilevante. Viviamo nell'oggi, perché ciò che conta è la rottura. Noi siamo qui a testimoniare la frattura, la nostra bandiera è piantata nel punto politico in cui il ghiaccio si sta rompendo, questa è la nostra funzione. È il racconto biblico di una fine del tempo politico incombente, rigeneratrice ma pur sempre apocalittica.

Queste due diverse mozioni degli istinti danno vita, potremmo dire, a un racconto dell'Anno Zero, di cui l'uomo scartato si sente parte. Perché lui è antropologicamente una sorta di uomo-zero. Il vento nuovo lo mette a proprio agio, perché soffia alle sue spalle stanche mentre intanto sta sospingendo chissà dove il Paese. Quel vento agisce in privato come nel pubblico, penetra nell'individuale come nel collettivo.

È questo che trasforma l'uomo-zero in un soggetto politico inedito, proprio lui che era rimasto ai margini di tutti i processi. E adesso è in sintonia improvvisa – la prima volta – con quel che accade intorno a sé. Anzi, dopo anni in cui tutti lo ignoravano e lui sentiva di non avere alcun peso sociale, ecco che arrivano segnali di riconoscimento, la sua visibilità è trasformata, lui è sempre solo ma è proprio la sua solitudine che improvvisamente acquista valore.

Noi non ci eravamo probabilmente resi conto che il Paese – pur provato e sfibrato dalla cattiva prova della politica – era pronto a una subinterpretazione così elementare di se stesso e dei suoi guai. Certo, la democrazia italiana ha funzionato male e ha prodotto politica di scarso appeal e di debole efficacia da anni.

Ma cos'è successo perché si preferisca ormai seguire un comico piuttosto che un leader, una battuta più che un pensiero? Quando l'applauso della notorietà ha cominciato a sostituire l'onore della fama, la veemenza a spodestare la competenza? La performance a soppiantare la politica, il gesto a sovrastare il significato?

Resta il fatto che oggi la missione è quasi compiuta, con un fraintendimento alla base. Perché la grande semplificazione del populismo è continuamente scusata e riscattata da una radicalità che inganna, da un estremismo illusorio.

Si accetta il codice populista convinti che fornisca il tagliando per una crescita politica attraverso un'autonomia di ribellione, un'emancipazione dal vecchio ordine, e non ci si accorge che alla semplificazione del linguaggio corrisponde in realtà una spoliazione culturale, storica, identitaria, valoriale, perché nell'imbuto dell'Anno Zero contano solo categorie provvisorie ed effimere come "nuovo", povere concettualmente e comunque destinate a diventare vecchie già dopo un anno. Con un disancoramento totale da ogni vincolo storico, che dà via libera senza intralci al diverso, diseguale ma comune istinto di destra dei due populismi, sommandolo alla forza di gravità di una legislatura che inclina naturalmente a destra, come ha voluto l'elettorato. Nell'Anno Zero tutto è estemporaneo, ogni cosa si giustifica mentre si compie, solo perché avviene: finché il popolo non si risveglia.

Ma la verità oggi è che i due predicatori della fine del mondo non potevano lasciare le contrade libere l'uno alle campane dell'altro. O insieme al governo, o insieme fuori, all'opposizione. Fino all'ordalia finale cui i populismi sono condannati dalla loro stessa natura suprematista.

Il risentimento dell'uomo scartato e solo non è

in grado di fare una rivoluzione, creando una nuova classe dirigente. Ma è già stato capace di realizzare la delegittimazione di un potere debole svuotandolo insieme con la vecchia élite, chiamando alla guida del governo l'Uomo Qualunque, affidandogli l'energia degli istinti da rappresentare. Uscito dal ventre della balena, come Giona, il premier scelto dall'alleanza populista è entrato a palazzo Chigi con il profilo dell'avvocato del piano di sotto cui si ricorre per le liti di condominio: professore ma non troppo, professionista ma alla mano, devoto di padre Pio ma convertito a Grillo.

Un ritratto di medietà italiana che vuole presentarsi senza pretese e sembra rinunciare alle ambizioni proprio mentre annuncia il grande cambiamento, incurante della contraddizione politica e antropologica che con questo impersona, anzi rivestendosene in pubblico – fin dalla prima apparizione tra gli stucchi e gli specchi del Quirinale – come un moderno, nuovissimo paramento sacro, il più adatto al mutato spirito dei tempi.

Com'è possibile nascondersi nella normalità quotidiana fin quasi a scomparire e proclamare insieme la grande svolta, il governo che segnerà il sovvertimento politico-istituzionale del sistema? Rovesciando lo schema leaderistico seguito da tutti i partiti, a destra come a sinistra, in questi ultimi vent'anni. Il vero nodo politico dei due populismi italiani che si uniscono nel loro primo esperimento di governo sta probabilmente proprio qui. Nell'illusione che il carisma si sia ormai spostato dal principe, dai partiti e dal parlamento a un soggetto collettivo indistinto, e dunque lo spirito soffi nelle piazze e nelle strade, e il talento dei leader consista nel riconoscere i cresimati dal Signore per avviarli ai ruoli pubblici di rappresentanza, restando il potere reale ben saldo nelle mani dei cerchi di comando ristretti di vertice.

Ma intanto assistiamo a questa rivoluzione in bianco e nero della normalità, come in una commedia italiana dalla sceneggiatura scritta in fretta: l'uomo comune può salire al trono perché è il movimento che gli apre la strada, mentre lo scettro ritorna fuori dal Palazzo – dove secondo il racconto di questi anni era stato confiscato dalla casta – per essere restituito alla gente.

Selezionando il nuovo premier i due populismi hanno cercato esattamente questo. Non il campione di un popolo, che è un concetto politico, un fondamento della pubblica opinione, dunque un soggetto del potere, ma l'espressione della "gente", l'indistinto sociale che dà vita alla folla, bizzarra, istintiva, impetuosa, mutevole.

Più che il curriculum ammaccato del primo ministro (in realtà terzo, dopo i due capipartito) è questo criterio di selezione che deve far riflettere. Il nuovo premier è stato scelto nel mazzo, proprio perché è uguale a qualunque altra carta del mazzo, senza alcuna qualifica, né tecnico né politico, senza partito, addirittura nudo. Perfetta incarnazione dell'Uomo Qualunque 2018, buono per tutti gli incarichi e per qualsiasi politica, con qualsivoglia mezzo.

Secondo la Costituzione è responsabile di un governo, che però nei fatti è già stato deciso a tavolino dai capipartito; secondo l'articolo 95 ne dirige la politica, che in realtà è già stata definita e precostituita da un accordo chiamato addirittura "contratto" per renderlo commercialmente vincolante per i due partner diffidenti; secondo la prassi è titolare dell'unità dell'indirizzo politico del gabinetto, che fino all'ultimo minuto sarà nelle mani dei due leader. Nasce dunque questa figura costituzionalmente avventata e politicamente inedita: il premier altrui, in tutti i sensi.

Scegliere nell'indistinto, per dimostrare che anche l'uomo comune può prendere il comando se è sorretto dal fiume del sovvertimento, comporta un atto di fiducia nella volontà generale rivoluzionaria, più che nella democrazia parlamentare. Una volontà generale che nel Paese è perlomeno parziale, come dimostra la vittoria mutilata delle elezioni politiche.

Ecco cosa c'è dietro la maschera dell'Uomo Qualunque. Già nel 2000 Bourdieu avvertiva che uno dei segreti della forza di questi uomini nuovi senza un passato da professionisti della politica sta proprio nella mancanza dei requisiti specifici che normalmente definiscono la competenza. In sostanza: piacciono perché non sono conformi al linguaggio abituale e abusato degli esperti.

Per questa strada si denunciano i mali e i ritardi dell'autocooptazione di un pezzo di classe dirigente che si è autogarantita, di un'élite chiusa e familista che si è autoperpetuata, di cerchi e triangoli magici, gruppi ristretti, partiti asfittici: ma cercando l'Uomo Qualunque si getta via un deposito di conoscenza della macchina istituzionale, un filo di sapienza che lega il bene e il male del divenire repubblicano di questi decenni e che andrebbe rispettato anche nel più radicale cambio dei governi, perché è parte della nostra storia. E si copre la natura di destra che fa da cemento alla costruzione del nuovo ministero.

Non tutto è da radere al suolo, non c'è mai un vero Anno Zero, la storia si tiene. Anche Giona predicava a Ninive contro la corruzione. Ma quando credette di aver finito e si coricò per riposarsi all'ombra di una pianta di ricino, il Signore fece seccare l'albero, e lui dovette alzarsi e riprendere il cammino.

Vallo a raccontare, di questi tempi, all'uomo-zero,

superstite di mille distruzioni e di cento delusioni, e adesso finalmente a suo agio nell'Anno Zero, senza più il peso della storia, delle eredità, delle compatibilità, soprattutto delle responsabilità, della trasmissione dei valori, del vincolo delle regole.

Addirittura interprete di un nuovo significato del concetto di libertà, perché alla fine di tutto e all'inizio di non si sa che cosa, l'individuo si sente libero non in quanto esprime il massimo potenziale dei suoi diritti ma al contrario, come abbiamo detto, libero in quanto è liberato dal vincolo sociale, non sente più l'interdipendenza che lo lega agli altri in un rapporto reciproco di responsabilità.

Vagli a dire che la casta è un concetto ambiguo, che in politica c'è sempre una differenza che conta, che fare di ogni erba un fascio è la rinuncia a pensare, che la sua libertà coincide con la sua capacità di distinguere, sempre: non è più il tempo, non c'è più il modo, se n'è già andato, probabilmente scuotendo la testa, solo nel suo disaccordo con il mondo.

Ma c'è qualcuno che da tempo, e dal Paese più importante del mondo, gli sta dicendo esattamente il contrario: che ha ragione, che la sua rabbia è giusta, che è sacrosanto indirizzarla verso i soliti noti, rapinatori di speranza e di futuro. Donald Trump ha giocato tutta la sua campagna presidenziale in una sfida diretta all'establishment, compreso quello del suo partito. Una sfida che ha rotto la corazza del politicamente corretto, introducendo l'era della dismisura in cui tutto è consentito, ha spaccato il blocco di potere economico-politico-istituzionale, ha stravolto il dispositivo egemonico tradizionale. Infine ha attaccato anche l'ultima zona d'ombra che resisteva, quella di sempre, dei tagliati fuori.

Buio. Poi è arrivato lui, e come se avesse fatto schioccare le dita, ha dato un nome all'uomo-zero e a tutti gli altri che vivevano invisibili nel recinto anonimo del risentimento. Li ha evocati in diretta tv, ed è come se li avesse creati o almeno battezzati al mondo nuovo, li ha fatti muovere dallo sfondo indistinto delle nostre vite e li ha invitati a venire avanti, in modo che tutti finalmente li vedessimo e loro vedessero se stessi in quel momento magico: per una volta protagonisti della grande storia, quella che era sempre passata accanto a loro tirando dritto senza nemmeno guardarli, ignorandoli, nonostante fossero il corpo vivo del Paese, la sua vera spina dorsale.

"Forgotten men." Sono le prime parole che Donald Trump ha pronunciato da presidente eletto, per dire che uomini e donne "dimenticati" d'America non saranno dimenticati mai più. Istintivamente, scientificamente, Trump ha evocato davanti alle telecamere di tutto il mondo la sua *constituency* reale e insieme ideale, quel soggetto politico anonimo e in gran parte sommerso, quindi sconosciuto perché senza voce e senza volto, che lo ha scelto come outsider e lo ha portato fin dentro la Casa Bianca.

Non ha citato l'establishment, non il mondo, non il partito, non Wall Street, non il Paese. Ma uomini e donne, singole persone "dimenticate" e in quel preciso istante risarcite. Il *forgotten man*, potremmo dire, è il nuovo Dio sconosciuto d'America che Trump fa uscire dal buio del misconoscimento e porta alla ribalta, suonando nel giorno del suo trionfo la campana del riscatto universale. Ma quella campana, attenzione, suona soprattutto per noi.

C'è tutta la torsione dell'epoca, il libertinaggio della nuova politica, la sfrontatezza della fase che stiamo vivendo nel miliardario che si china sull'individuo solo, abbandonato da Dio e dagli uomini, lo prende per mano nel giorno della vittoria, lo porta metaforicamente con sé dentro la Casa Bianca e lo trasforma nel nuovo eroe popolare americano, capace di sovvertire la politica di mezzo mondo, prendendola d'infilata dal basso.

Intanto il "basso" diventa il nuovo luogo ideologicamente privilegiato della politica, perché nel maledetto "alto" vive l'élite, la finanza, vivono le banche, un universo compatto che fa sentire i *forgotten* depredati, usurpati, forse traditi, probabilmente offesi, sicuramente trascurati.

Il miliardario invece – ecco la sorpresa – non li spaventa. Intanto è arrivato fin qui, da loro, li ha scoperti, sa che esistono, lo ha detto al mondo, li ha riconosciuti. E poi – cosa più importante ancora – nei suoi modi, nei suoi discorsi, nel suo linguaggio, nei suoi fuorionda, nei suoi tweet e persino nei suoi capelli c'è una tale promessa di eccezione permanente che li rassicura, una sorta di garanzia "etologica", per usare la formula di Marco Revelli.

Un'anomalia costante rispetto all'establishment e all'ortodossia, una sorta di bestemmia repubblicana perenne entrata trionfalmente e in piena legittimità nello Studio Ovale, talmente irregolare e trasgressiva che non potrà mai essere ricondotta nei binari del politicamente consueto, ordinario e già visto, perché può essere sconfitta ma non domata. Dunque, al diavolo i miliardi e il potere. Trump per i *forgotten* è il presidente giusto per spaccare il mondo da Washington, nella grande faglia dell'Anno Zero.

Naturalmente qui nasce una domanda, che anzi è già nata da un pezzo: come mai Trump ha chiamato per nome l'uomo dimenticato, e la sinistra di qua e di là dell'Atlantico quel nome non sa neppure pronunciarlo? Com'è possibile che Trump riesca a vedere quel che la sinistra non vede, soprattutto in mezzo ai poveri, o diciamo meglio nei ceti popolari, tra la gente minuta?

Probabilmente su questa ottusità ha pesato la credenza nell'appannaggio ereditario, e cioè la convinzione inerziale che i ceti popolari non potessero avere altro riferimento politico che i partiti democratici, perché votare a destra sarebbe stata un'eresia impossibile ancor prima che un tradimento. E dunque la vera scommessa per i candidati liberal era la conquista del centro, da sommare alle masse di popolo naturalmente ereditate.

Soltanto che la crisi ha rovesciato il popolo, ha spaccato il ceto medio, ha confuso le appartenenze, ha mescolato la storia, ha liberato il risentimento non più conservato, sigillato e decantato in quei contenitori pedagogici che erano i grandi partiti, che filtravano la rabbia traducendola nella compatibilità di un pensiero democratico tra le grandi opzioni culturali a disposizione.

Oggi non c'è alcun dubbio che il pensiero democratico classico stia andando in minoranza nel mondo in cui viviamo, impigliato nella frattura tra l'universo compatto del Novecento e la galassia frammentata della mondializzazione, che cancella le classi mentre produce nuove espulsioni, con il ceto medio che si sta inabissando psicologicamente tra gli sconfitti: in un nuovo magma ancora senza nome dove il precariato diventa la moderna interpretazione del proletariato.

Si capisce, a questo punto, la difficoltà del meccanismo democratico. Si sta rompendo davanti a noi, come abbiamo visto, il patto del dopoguerra tra capitalismo, Stato sociale e sistema democratico, che rappresentava il nucleo fondamentale del costume civile europeo così come lo abbiamo conosciuto. Un patto talmente costitutivo che quando va in crisi rischia di indebolire la stessa identità concettuale dell'Occidente come terra della democrazia dei diritti e della democrazia delle istituzioni.

D'altra parte le delusioni e le promesse mancate sono una grande porzione del caos generatore del *forgotten man*, del risentimento che lo fa sentire in credito. Credevamo che, dopo aver suturato le ferite totalitarie del Novecento, la democrazia vincitrice si affacciasse al nuovo secolo come l'unica religione superstite, dunque egemone. Prima il rifiuto delle primavere arabe di compiersi secondo i nostri disegni desiderosi di stabilità e sicurezza, poi l'aggressione del jihadismo assassino che attacca proprio il tempo e lo spazio della grandiosa e quotidiana banalità democratica delle nostre vite, ci hanno fatto capire che ciò a cui attribuiamo un valore universale ha un perimetro e un limite che sono esclusivamente occidentali.

Ma la vera sorpresa è dentro quel perimetro. Perché stiamo corrodendo la democrazia dall'interno, la stiamo consumando rendendola inabile, addirittura impotente, certamente estenuata. Come se noi per primi fossimo testimoni tiepidi della sua opera, disillusi, addirittura infedeli. Ci accontentiamo di una democrazia fredda, debole, poco coinvolgente. In questa nebbia, possiamo stupirci se l'uomo-zero si è già smarrito? È in mezzo a noi, lo conosciamo, ma non lo vediamo perché fino a ieri non era un soggetto politico.

E qui c'è la grande questione che riguarda tutti noi: perché quel *forgotten man* non è rappresentato. Non è necessariamente un povero, piuttosto si sente un espropriato. Gli hanno tolto qualcosa, non sa dove e quando, ma crede di sapere chi lo ha fatto: l'élite, quell'insieme di vip (la parola più orrenda degli ultimi decenni, che conteneva già in sé la minaccia sospesa di tutto quel che ci sarebbe successo), istituzioni, politica, banche, affari, organismi internazionali, agenzie di rating, governi, media, mercati, esperti, professori e intellettuali.

Un mondo della competenza e dell'esperienza – da

lui condensato nella figura di Hillary Clinton – che sta oltre il ponte levatoio, oltre il fossato che divide chi ce l'ha fatta dagli altri. Un mondo che sa tutto, ma per sé, non per tutti.

Non è un istinto di classe, quello dei *forgotten*, perché isolati come sono non hanno elaborato sentimenti collettivi strutturati e interessi organizzati, né politici né tantomeno ideologici: vivono dispersi, con frustrazioni individuali e paure personali che faticano a sommarsi, e certo non riescono a raccogliersi in una forma visibile di rappresentanza. Hanno perso il lavoro, in America lo hanno in buona parte ritrovato – in Italia no – ma la loro vita ha fatto un giro, hanno sperimentato la vertigine di un precipizio sociale (o almeno, lo hanno intravisto) che ha invertito le aspettative di progresso, di crescita, di proiettare i figli in una condizione migliore della loro.

In una parola qualcuno, dopo avergli conteso il presente, gli ha sottratto il futuro, ed è qualcosa che non possono perdonare. Sono operai, impiegati, ex manager, contadini, professori, caduti in una condizione comune di spaesamento, di frustrazione, persino di invidia sociale nella quale non si vogliono riconoscere e da cui vogliono uscire individualmente, anche perché credono soltanto in se stessi, visto che del resto del mondo non si fidano troppo: altrimenti non continuerebbero a sentirsi così soli.

Come si chiama questa nuova condizione? La politica tradizionale non lo sa. Ma mettiamo insieme la grande dimenticanza sociale in basso e l'impotenza delle élite in alto, e vedremo che si scoperchiano due mondi separati, con un buco enorme tra loro, un buco di rappresentanza, dunque di politica, infine – diciamo la parola – di democrazia.

Quando il lavoro non funziona, e saltano il ruolo sociale che ne consegue e la coscienza di sé di fronte ai doveri verso la propria famiglia, ci si sente abbandonati dalla politica, anzi qualcosa di più. Ci si sente fuori: respinti. Questa è la grande novità della fase, la trasformazione delle disuguaglianze (che una democrazia sconta al suo interno e cerca di compensare con politiche di redistribuzione) in emarginazione, in un taglio sociale. Che genera solitudine, abbandono, risentimento, rabbia e, infine, propensione al rifiuto.

A che cosa servono, dicono i *forgotten*, tutta quella competenza e quell'esperienza di cui abbiamo parlato prima, tutto quel sapere e quella scienza e tecnica di gestione di sistemi complessi, se poi la governance complessiva delle nostre società democratiche non riesce a vedermi, a occuparsi di me, a farmi sentire rappresentato?

Prima scatta il disimpegno da ogni scelta civica, si resta sul divano il giorno del voto, si cambia canale, tanto votare o non votare è uguale, votare l'uno o l'altro è la stessa cosa, perché per le mie condizioni concrete di vita non cambia nulla. Poi viene il momento in cui passa un pifferaio che prende a calci il sistema, come vorrebbe fare il *forgotten*, ma per lui la distanza è troppa, e non ne ha la forza.

Quel tipo – tosto, nuovo, finalmente irrispettoso, capace di dire pane al pane, arrogante come e più di chi ha il potere – lo può fare al posto degli individui sconosciuti. Ma lui dice: facciamolo insieme, è giunta l'ora. Anzi, prendiamoci tutto, tocca a voi, i diseredati della rappresentanza, io vi apro la strada. Perché non provarci?

Il calcio al sistema è il grado uno della rappresentanza, dopo lo zero. Risponde a un istinto di sovversione e di antagonismo più che a una domanda di politica e tantomeno di governo. È il ribellismo degli ex, degli spossessati. Che adesso ritengono di aver diritto a un ruolo sociale, a un lavoro che corrisponda agli studi, a un'occasione o almeno a una rivincita, al limite una rivalsa. Il voto è un rifugio di disagio, di rancore, di pretese più che di diritti, uno sfogo piuttosto che una scelta. Intanto diamo il calcio al tavolo del comando. Cosa ci sarà dopo il calcio? Nessuno lo chiede, le proposte del pifferaio non sono mantenibili, la rabbia fatica a trasformarsi in governo. Ma intanto rovesciamo il tavolo e godiamoci lo spettacolo, poi si vedrà.

Trump nasce dunque dal vuoto che noi abbiamo creato, parlando di Paese – com'è giusto fare – ma non ai paesi dove vive lui, il dimenticato. Trump è andato a prenderlo sul divano, dove noi ci rassegnavamo a lasciarlo, scontando un calo di partecipazione a ogni elezione, un calo di entusiasmo a ogni comizio, un calo di autenticità a ogni discorso in tv. Il populismo italiano ha fatto la stessa cosa.

Un'alchimia pericolosa sta trasformando sotto i nostri occhi in destra reale – mai così realizzata – quelle solitudini sparse, quelle rabbie disunite, quel disincanto democratico che non siamo stati capaci di vedere e che dovevano interpellare la sinistra per prima, perché si tratta di fragilità alla deriva, di popolo disperso e di deficit di rappresentanza.

Perché il rifiuto della politica è già diventato rifiuto del sistema, e può diventare rifiuto del meccanismo democratico, con i suoi obblighi, i suoi vincoli, tutti quegli equilibri, quei doveri, quella continua presunzione di uguaglianza che imbriglia la forza, soffoca l'energia, imprigiona la potenza dello spirito del tempo.

Adesso almeno lo sappiamo, in colpevole ritardo, mentre il pensiero radical-xenofobo sta diventando senso comune italiano e la mancanza di un'obiezione culturale, di un pensiero concorrente spinge qualunque *forgotten* a credere che qualsiasi alternativa oggi sia possibile solo fuori dal sistema.

E invece ci dev'essere una strada per riconciliare l'uomo-zero e la democrazia, dopo aver toccato con mano quant'è fragile, così esposta come non è mai stata. Ricominciando da quel bar sotto al neon, dove Trump per primo è andato a caccia di solitudini, e se le è portate via, nottetempo.

5.
Gli spari

Il lupo prima si nasconde, poi attacca la preda: mai di fronte ma aggredendola da dietro, o di fianco. Quel giorno il nascondiglio era l'implausibile, il camuffamento era la normalità. Nessuno immaginava quel che stava per succedere, proprio lì, dove sbucavano le scale mobili della Conad, la gente saliva, impugnava un carrello e spariva dentro le porte che si aprivano e si chiudevano automaticamente, mentre uscivano senza fretta le donne con la borsa della spesa del sabato.

Quando arriva su quella strada Lupo sta perdendo la pazienza, è nervoso, perché sente confusamente che la sua caccia è disordinata. Appena fatto il pieno è partito dal distributore verso Sforzacosta, ha raggiunto la discoteca Babau dove è convinto che spaccino ma a quell'ora del mattino ha trovato tutto chiuso e deserto e allora ha sparato tre colpi verso la porta: un segnale per tutti, una conferma per sé, un preannuncio della giornata che sta per cominciare, con una pistola che spunta dall'automobile nella quiete stupefatta del weekend, e incredibilmente fa fuoco.

Poi si è diretto verso Macerata, obiettivo i giardini Diaz, luogo di commercio abituale di stupefacenti.

Cercava “i negri”, voleva gli spacciatori ma non ha trovato nessuno, troppo presto, e allora ha continuato su viale Trieste dove ha esploso quattro colpi di pistola appena ha visto due uomini di colore che camminavano sul marciapiede, ma non è riuscito a colpirli. Due colpi ancora davanti alla discoteca Terminal, nella sua mente indirizzati sempre contro gli spacciatori ma in realtà contro il nulla, a vuoto, e poi finalmente l’ultima curva e la salita in via dei Velini. Ci siamo. Li vede. Sono loro. Lui è dietro. È pronto.

I due uomini che camminano sul marciapiede stanno andando verso la fermata dell’autobus. Si chiamano Mahamadou Toure, 22 anni, autista con patente, e Diabj Makan, 25 anni, elettricista, vengono dal Mali. Sono da un anno in Italia, hanno un regolare permesso, vivono in sei in via dei Velini 149, devono raggiungere un altro maliano, Mamadi Chiali, che questa mattina li ha chiamati al telefono per invitarli a casa sua. È sabato, li aspetta un pranzo con gli amici, domani è festa: chiacchierano mentre camminano lentamente, sono in anticipo, hanno tempo. Finché arriva quel rumore, come lo scoppio di una gomma. Poi subito di nuovo un altro botto, questa volta sembra che qualcuno stia sparando, non ci credono. I primi due colpi vanno a vuoto, non hanno tempo di rendersi davvero conto di quel che sta succedendo, l’istinto però porta Diabj a cercare riparo dietro un muro mentre il terzo colpo colpisce Mahamadou al fianco destro, lo fa cadere a terra prima ancora che abbia cognizione di cosa gli sta capitando, gli trapassa il torace.

Adesso i due urlano, c’è il sangue, Mahamadou ha paura e si preme il petto. I pochi passanti si sono buttati dentro il supermercato per cercare riparo. Bisogna aspettare che tutto finisca, sono soli a terra sul marciapiede. Finalmente, dietro il vetro una donna chiama la polizia, poi esce e gli tiene la mano. Tutti dicono a Mahamadou di stare tranquillo perché sta arrivando l'ambulanza, ma il dolore è forte. Lui e Diabj guardano la strada, le finestre chiuse delle case davanti: non hanno un'idea precisa dell'accaduto, hanno sentito i colpi ma non possono dire da dove venivano, ricostruire è difficile.

Camminavano, qualcuno ha sparato, così, all'improvviso, e non sanno perché. Contro di loro? Ma non riescono ancora a crederlo. Si sarà sbagliato? Ma ci si può sbagliare sparando da tre metri e ad altezza d'uomo? Non c'è una spiegazione, nemmeno una ragione. Mai avuto una minaccia, mai nemmeno un litigio. Quella pistola venuta dal nulla non l'hanno vista, quell'uomo nemmeno, la macchina neppure. Tutto è durato pochi secondi. Poi, certo, la pistola che si affaccia dal finestrino per cercare proprio loro da quel momento se la immaginano di continuo, ce l'hanno sempre nella mente, ormai non possono farne a meno.

Lupo invece ha avuto tutto il tempo di guardarle bene, le sue prede. Quando ha sparato, al momento di premere il grilletto, ha cercato di fissare negli occhi il suo bersaglio. Per lui è importante potersi scambiare uno sguardo prima degli spari. C'è sempre un attimo quasi sospeso in cui lui viene avanti da dietro: poi si ferma, li guarda, loro si voltano e lui spara. Ma già prima le ha osservate da lontano, le prede, nel senso che ha pattugliato la città, le ha cercate, le ha individuate, anzi le ha scelte proprio come le voleva: maschi, adulti, neri, africani e possibilmente della stessa fascia di età dello spacciatore presunto assassino di Pamela.

L'odio razziale, dice, è insito nell'ideologia che gli appartiene e in cui lui si riconosce, ma qui l'ideologia è un motore che si potenzia con la sua rabbia contro la droga, perché rovina per sempre i ragazzi. E si unisce alla sua furia contro l'immigrazione, che secondo lui porta i "negri", porta la droga, dunque porta il male. Trova scuse con se stesso. Ha dormito male, la notte prima, ha litigato con la sua ragazza, sentiva il bisogno di fare qualcosa, non sapeva che cosa. Si convince che il suo non sia un raid razziale vero e proprio, perché ad esempio non ha attaccato i negozi degli africani, pur passando davanti alle loro vetrine, o perché la sera prima, venerdì, è andato a consegnare la carne a due negozi cinesi, uno a Sant'Elpidio e uno a Civitanova: vuol dire che se uno sta tranquillo, fa la strada sua e non guadagna con le disgrazie nostre, specialmente quelle dei giovani, per lui non c'è problema, è una prova, no? Ma ci sono dei momenti, lo ammette, in cui non vede più niente, sente solo l'odio, odio vero, profondo. E poi c'è il fatto che per lui gli spacciatori a Macerata sono tutti neri.

Nella sua mente si crea una confusione che porta a una sovrapposizione, che lui è già pronto a giustificare. Se tutti gli spacciatori della zona sono neri, lui oggi può semplificare dicendo che tutti i neri sono spacciatori: o forse lo possono diventare. Magari quelli finiti nel mirino sono delle brave persone, lui questo è anche disposto a concederlo, almeno in teoria. Ma quell'odio ha bisogno di venir fuori, di esprimersi, come ciò che lui chiama la voglia di giustizia. Odio e bisogno di giustizia per lui sono diventati la stessa cosa, gli chiedono di agire, di non starsene a guardare, con le mani in mano. C'è chi è indifferente davanti a questo degrado e chi ci sta male. E lui, ormai, ci sta troppo male, ogni giorno di più.

Ecco, è un segnale che vuole dare, e che bisogna dare, perché questa dei neri secondo lui è una comunità di persone che si conoscono tutte e si coprono a vicenda, come conoscono chi ha fatto a pezzi Pamela, e coprono pure lui. Se dai un segnale a uno di loro lo vengono a sapere tutti, colpisci la comunità nel suo insieme. Il tuo gesto non cade nel vuoto, di questo puoi stare sicuro. C'è da dire poi che si credono impuniti ma devono sapere che ormai lui non ha niente da perdere. Lo trovano al momento giusto e al punto giusto della sua vita. La famiglia in pratica non ce l'ha, i soldi lasciamo perdere, il lavoro è quello che è, con le donne per adesso può bastare così. Ecco, lui può essere il punitore, il castigatore. Il vendicatore.

Proprio lui, chi lo avrebbe detto. Ancora stamattina prendendo il caffè, quando ha annunciato che andava a regolare i conti con "i negri", tutti gli davano ragione. Ma poi nessuno si muove. Quel che passa nella testa degli italiani lui lo immagina perché certi discorsi li sente fin da quando era piccolo: uccidiamoli tutti, spariamogli, bruciamoli. Prima la gente ce l'aveva con gli albanesi, nel '97, sembravano il nemico pubblico, adesso li hanno dimenticati e tutti attaccano i neri, i nordafricani. Gli italiani sono così, parlano, parlano, ma poi a ben vedere nessuno fa niente. Ci vuole uno che si faccia avanti, e stavolta tocca a lui.

E non serve nemmeno coraggio, perché Lupo alla fin fine è convinto di non dover sacrificare proprio niente: se il suo futuro promette di essere come il suo passato, allora te lo raccomando, meglio fermarsi subito e scendere alla prima stazione, tanto più avanti non c'è sicuramente niente di bello che lo aspetta, solo rogne.

Ecco perché l'Alfa esce decisa da via dei Velini per continuare la caccia. Lupo non sa nemmeno quanti proiettili ha sparato, ma quando vede due ragazzi di colore davanti al cinema Tiffany esplode due colpi, poi un altro lo indirizza a un nero che chiede l'elemosina vicino a una farmacia in corso Cavour. Quindi ecco il bar King in piazza Garibaldi, che è chiuso per spaccio, due colpi finiscono contro la serranda abbassata, poi il braccio sinistro esce per la prima volta dal finestrino del guidatore, solleva la pistola e spara in aria per spaventare un ragazzino di colore in viale Trieste. Ancora un proiettile contro un ragazzo nero scendendo per via Piave, uno sparo a una ragazza davanti alla stazione, tre, quattro colpi contro due immigrati sotto tiro in corso Cairoli, fermi contro il muro vicino alla pasticceria, infine contro un uomo di colore in via Cioci, mirando al braccio.

Nel raid, Lupo ha sparato a nove persone, ne ha ferite sei: oltre a Mahamadou Toure, Gideon Azeke colpito alla coscia destra, Festus Omagbon al braccio sinistro, Omar Fadera al gluteo, Jennifer Otiotio al deltoide sinistro, Kofi Wilson, trapassandogli il torace. Ma adesso la macchina sta imboccando via Spalato e si annuncia con due colpi sparati in aria davanti alla casa del nigeriano accusato dell'uccisione di Pamela. Poi Lupo cambia il cd, e mentre partono forte gli Zetazeroalfa lui va avanti e sempre in via Spalato, al numero 6, spara ad altezza d'uomo contro la sede del Pd, secondo lui complice dell'immigrazione clandestina e irregolare che ha portato il degrado e la droga in Italia. Due colpi.

Poi via, verso Casette Verdini. Qui nel circuito di quel giorno, in parte casuale, in parte obbligatorio, c'è una tappa per lui decisiva, quasi mistica nel suo paesaggio interiore. Fino a questo momento non si è mai fermato, ha sempre sparato con la macchina in movimento, senza mai scendere. Ma questo è il posto dove sono stati trovati i due trolley con i resti del corpo di Pamela tagliato a pezzi. Oggi ci sono fiori, biglietti, lumini. Lui scende dall'auto portando con sé un cero con il volto di Mussolini, una specie di santino con la lucetta, e una scatola vuota di proiettili per pistola 9×21, marca Geco.

Li posa a terra, vicini, quasi per consacrare la sparatoria appena compiuta, e per ideologizzarla compiutamente. Il Duce, la pistola e Dio: adesso Lupo è fermo in piedi con le mani abbassate e congiunte mentre guarda davanti a sé, da solo, e pronuncia sottovoce le parole dell'Ave Maria e del Padre Nostro.

Un minuto dopo la preghiera, sta di nuovo sparando. Due colpi contro il bar H7 a Casette Verdini, colpevole di organizzare feste di musica techno che secondo lui attira tossici e spacciatori. Le pallottole bucano la vetrina, finiscono nelle confezioni di patatine, tra il panico dei clienti che cercano riparo dietro il bancone.

Deve fermare la musica, perché sta impazzendo il suo telefonino. Lo chiamano ininterrottamente tutti, il fratello, la madre, la cognata, la fidanzata Stella. Prima hanno saputo del raid per la città con gli spari, poi la notizia si è fatta più precisa: quell'Alfa nera che cercano è la sua? Per un po' non risponde, continua a correre. Poi accende la radio, capisce che lo stanno braccando. Accelera, ma intanto tranquillizza la madre, nega tutto per non farla star male, dice che lui non c'entra, poi racconta la verità a Mirko, avverte Stella: "Mi spiace se non ci rivedremo più".

Via. L'auto parte per Pollenza. Nel confuso miscuglio ideologico, vendicativo, riparatorio del raid manca una testimonianza intima, personale, soltanto sua, come se fosse un saluto o un distacco, un addio. Non capisce come la testa lo porti per strada dei Rotelli, e poi per quella stradina chiamata Fragola e insomma come se guidasse il pilota automatico lui si trova a uscire proprio nel centro di Pollenza, vicino alla caserma dei carabinieri, come quando andava a trovare proprio qui Arianna, quasi dovesse ancora suonare alla porta da lei. Ma poi naturalmente accelera e tira dritto verso Tolentino passando dalla superstrada, con l'idea di rifugiarsi con tutte le munizioni in una casa di campagna della nonna in contrada Paterno, per un finale alla Rambo, con lui che non sparerebbe mai contro poliziotti e carabinieri, dunque destinato a morire.

Ma prima, l'auto mette la freccia davanti a quel negozio di alimentari sulla destra, c'è tempo per un panino con il formaggio e il prosciutto. E qui, c'è di nuovo la radio accesa, la radio che lo perseguita e indirizza la sua vita. Le forze dell'ordine, dice il notiziario, stanno cercando in tutte le Marche l'autore del raid razzista che ha ferito sei persone a Macerata, tutti immigrati, portando il panico nelle strade e nelle piazze della città e delle sue frazioni. In particolare si sta tentando di rintracciare un'Alfa 147 nera, targata DX780KM sulla quale, secondo varie testimonianze, si muoverebbe ancora lo sparatore segnalato nella zona. Il sindaco di Macerata, Romano Carancini, ha diramato un'allerta, invitando i cittadini a rimanere a casa e chiedendo alle scuole di tenere gli studenti all'interno, mentre ha fermato il servizio di trasporto pubblico, finché la situazione non venga riportata alla normalità. Chiunque sia in grado di dare notizie utili a fermare quest'azione criminale è pregato di contattare le autorità competenti.

Tutti attorno a lui ascoltano, Lupo sente il numero della sua targa che risuona nel locale, si guarda intorno e ancora una volta cambia programma. Lo prenderanno, è questione di minuti, tutt'al più di un quarto d'ora, ma stanno arrivando. Forse, mentre lui è in piedi davanti al bancone, una volante passando ha visto l'Alfa parcheggiata lì fuori, sta già chiamando rinforzi via radio, tra poco qui si scatenerà l'inferno. Alla fine lo faranno fuori, lo riempiranno di colpi, lo bucheranno. E poi? È questo che cerca? Quel che voleva lo ha ottenuto, conviene arrendersi. Ma c'è un problema:

non vuole pentirsi proprio di niente, l'unica cosa che gli dispiace è di aver colpito una donna.

All'improvviso gli viene l'idea che ci si può costituire senza pentirsi. Farà così, come i soldati: si arrende ma non si scusa, anzi rivendica tutto quello che ha fatto, perché non deve discolparsi di nulla. Esce di corsa dal bar, rinunciando al panino, e per la seconda volta torna a casa, deve prepararsi, vuole essere lui a consegnarsi prima che vengano a prenderlo, e nel modo che sceglie, nel posto più giusto. Ce l'ha già in mente, lo vede come in una fotografia. Ma prima bisogna dire tutto alla mamma e alla nonna, non devono venirlo a sapere dai carabinieri, deve raccontarlo lui, è in grado di spiegare ogni cosa.

Un abbraccio di saluto. Poi un ultimo sguardo veloce alla camera. Il letto disfatto, la sacca da ginnastica buttata sopra. Un coltello grande da cucina sotto il comodino. Il *Mein Kampf* sulla scrivania, aperto, accanto alla *Storia della Repubblica sociale*, Edizioni del Borghese, 19 euro. Sulla sedia, una bandiera nera con la croce celtica. Ma Lupo cerca un'altra bandiera, ha bisogno del tricolore. Dov'è? Eccolo, preso. Esce, lo lega al tergicristallo sul lunotto posteriore della macchina, in modo da trasformare l'Alfa che tutti cercano nel simbolo evidente delle sue idee che sono diventate pallottole.

Un'automobile che la polizia insegue e che invece di nascondersi ora mette in mostra se stessa, imbandierata, davanti a tutta la cittadinanza, mentre passa per le strade e attraversa le piazze verso la resa, annunciandosi mentre procede in una specie di marcia trionfale, un rendiconto dell'azione compiuta. Quella bandiera spiega da sola le sue ragioni, illustra tutto, più di mille discorsi, apre e chiude. È anche scenografica, e per chi vuole capire dice che è finita la paura degli spari, comincia il momento del rendiconto.

Sa dove deve andare, siamo all'ultimo atto, deve evitare i posti di blocco perché vuole arrivare nel punto esatto del primo appuntamento con la sua ex, salire su quel gradino dove, seduti, hanno mangiato insieme il gelato. Tutto sta finendo, ma deve finire come vuole lui, deve finire da Lupo. Così prima passa davanti alla casa dov'è nato, al numero 8 di contrada Valteia, senza fermarsi, il tempo di un'occhiata, come se quei pochi chilometri racchiudessero già lo spazio per un bilancio della sua giovane vita. L'auto ora sta svoltando in via Cincinelli quando davanti alla tabaccheria vede camminare verso di lui una ragazzina di colore che avrà dodici anni: e allora non resiste, non vuole farle del male, è troppo piccola, ma tira fuori il braccio sinistro, mostra in alto la Glock e spara, spara l'ultimo colpo in aria, a vuoto, nel momento della resa e della ritirata, semplicemente per spaventare una bambina e chiudere così la sua giornata della pistola.

È arrivato. Corso Cavour, parcheggia davanti al monumento ai Caduti in piazza della Vittoria. Scende dall'auto, si spoglia togliendosi prima il giubbotto che getta sul sedile davanti, poi la felpa nera. Resta con la maglietta scura a maniche corte, in modo da far capire che non è armato, si getta sulle spalle la bandiera tricolore e la lega al collo e poi sale la scalinata come fosse in un film. Verso le sei colonne, le cinque statue, i due archi, il cippo eretti in piena era fascista, nel '33. Sale i gradini davanti all'aiuola spartitraffico con le frecce che indicano a destra gli uffici giudiziari e a sinistra la prefettura. Un cartello alle sue spalle dice che Roma è a 239 chilometri.

Si avvicinano le sirene, passano le ambulanze, tutti gli allarmi che hanno attraversato la città adesso convergono su questa piazza. Infine arrivano i carabinieri. Sono due appuntati scelti della compagnia di Camerino in servizio alla stazione di Pioraco, Sergio

Palmieri e Simone Fazzari. Dalla jeep vedono Lupo sulla scalinata, scendono, si avvicinano all'Alfa 147, guardano attraverso i finestrini. L'auto del raid che tutti cercano adesso è qui, ferma, aperta, con la felpa nera sullo schienale, il giubbotto mimetico appallottolato, un coltello con la lama lunga 24 centimetri, la scatola piena di proiettili di riserva per il rifornimento, e soprattutto la pistola che ha sparato per tutta la mattina. È posata sul sedile, appoggiata allo schienale, senza niente intorno, perfettamente in vista.

I carabinieri si avvicinano con cautela alla scalinata, tengono nel mirino l'uomo che ha tenuto sotto tiro una città, ha compiuto un raid razzista, ha sparato a nove persone, ne ha mandate sei all'ospedale e adesso urla verso di loro di essere disarmato: se vogliono possono controllare in macchina dove troveranno l'arma abbandonata. Gli dicono di scendere, di non fare gesti strani, di muoversi lentamente. Lui alza le mani nude. Comincia a scendere i gradini piano, con una pausa dopo ogni passo. Ma a un tratto si ferma, prima di consegnarsi alle manette, uscendo dal recinto del monumento e dalla storia che si è costruito nei giorni dell'odio tra l'automobile che corre in campagna, la palestra del bodybuilding e la sua stanza con la pistola chiusa in cassaforte e le bandiere.

Ancora in piedi sulla scalinata, adesso Lupo si volta verso gli archi e le statue dalle posture eroiche, poi guarda la piazza da dove lo guarda la gente, dietro le porte socchiuse. Con il tricolore sul collo, in una sovrabbondanza di simboli, alza il braccio nel saluto romano mentre grida: "Viva l'Italia".

6.
L'uomo bianco

L'ultimo gradino. Tutto il resto spiega lo sbalzo di clima sociale, registra il cambio nei comportamenti, coglie la trasformazione nel linguaggio. Ma poi c'è quel gradino finale, decisivo, che porta alla soglia dell'irreparabile, spalanca l'abisso, divide per sempre il prima dal dopo. Lì si radunano e si fermano il *forgotten man*, le solitudini, i risentimenti, le ribellioni che hanno accompagnato questa lunga incubazione italiana: e proprio lì, mentre si ritirano, viene avanti una figura inedita che si affaccia all'orizzonte del nostro Paese guardinga di sé, silenziosa, qualcuno che nelle mille convulsioni dell'Italia ancora non conoscevamo, e che sembra spuntare di colpo dalle pagine di un romanzo di Harper Lee sull'America più profonda: è il fantasma dell'uomo bianco.

Cammina in mezzo a noi, mimetizzato, protetto, anzi prodotto dall'apparente normalità di superficie del Paese. Naturalmente lo abbiamo visto comparire convocato dal fragore dei nove colpi di pistola a Macerata, tutti indirizzati contro "i negri". Ma l'uomo che spara agli immigrati neri nel 2018 italiano, in mezzo all'Europa, nel cuore dell'Occidente, non è una manifestazione isolata di follia omicida e nemmeno l'insorgere di un raptus casuale, perché quegli spari raccolgono ed esasperano tutto ciò che si è seminato nel territorio più profondo del Paese in questi anni, e nel suo sentimento morale.

Quell'uomo infatti è colui che invoca i muri contro gli altri, gli stranieri, i diversi, poi dentro quei muri si ritrova prigioniero, nel nuovo egoismo di una storia nazionale mutilata soltanto per sé, di una tradizione privatizzata e consumata a proprio uso, di una cultura svilita a strumento esclusivo di selezione e di separazione. Siamo noi che, lasciandoci via via rinchiudere nella corteccia psicologica e ideologica delle paure nostre e altrui, ci trasformiamo appunto come dei mutanti, fino a voler tornare a distinguerci in base alla pelle e al sangue, quindi a regredire nell'identità primitiva biologica e corporea che a Macerata ha risvegliato lo spettro italiano dell'uomo bianco.

È il prodotto finale della metamorfosi in corso: prima di tutto culturale, poi politica, ma in realtà soprattutto morale. Qualcosa che ci interpella, perché parla di noi, del nostro modo di vivere, della nostra antropologia immaginata, condivisa, costruita e faticosamente custodita nel buio della crisi di quest'ultimo decennio. Qualcosa che non avevamo ancora conosciuto nel lungo scambio generazionale di progresso, crescita e occasioni mancate.

Ma dopo anni passati a ritagliare le razze immaginarie dentro l'umanità reale, identificando nella molteplicità lo straniero da espellere, additando nella comunità il diverso da bandire, era inevitabile che trasformando l'"altro" in soggetto ostile noi agissimo in parallelo trasformando il "noi" in soggetto presidiato: perché la coppia si muove insieme, anche quando pretendiamo di scinderla. Era dunque prevedibile che si arrivasse fin qui, alla tipizzazione dell'indigeno italiano, fissandolo in prototipo sociale, esperimento culturale, infine in soggetto politico, campione simbolico della nuova fase che stiamo vivendo: o forse, sperimentando.

L'uomo bianco, l'indigeno italiano, era l'unico protagonista che ancora mancava, nel racconto del grande risentimento nazionale. Seguiamolo, perché la sua prassi diventa la teoria inconsapevole che lo spiega. Era già apparso nel primo pomeriggio del 7 gennaio 2010 a Rosarno, in Calabria, quando due italiani salgono in auto (un Suv Volkswagen blu scuro) con una pistola ad aria compressa per girare sul bordo dei ghetti dove dormono i lavoratori africani, venuti fin qui per il raccolto stagionale di arance. È un popolo che dorme per terra, vive per la terra, si sposta secondo le sue stagioni e i suoi raccolti: a settembre nelle vigne di Marsala, a novembre negli ulivi in Puglia, a giugno tra le pesche a Saluzzo in Piemonte, poi i pomodori a Napoli, adesso le arance a Rosarno, e i mandarini.

Vengono dal Togo, dalla Mauritania, dal Congo, sono sudanesi, ivoriani, ghaneani. Sono neri. E qualcuno il giorno dopo l'Epifania decide di andarli a cercare i neri, anzi "i negri", li inseguono sulla vecchia statale 18, che gli immigrati chiamano la "Gioia Tauro Road", in mezzo ai tarocchi e ai sanguinelli, dove li reclutano al mattino per venti euro in cambio di dodici, quattordici ore di lavoro nei campi.

Loro sono tre, a piedi. Uno viene dal Togo, si chiama Ayiva Saibou Sabitiou, ha 37 anni, gli altri due sono della Guinea, Ousmane Diallo, 36 anni, Camara Yakouba, 26. Quando arrivano a tiro, tre metri, poi due e mezzo, poi due, si abbassa il finestrino del Suv dalla parte del passeggero, esce fuori una pistola ad aria compressa, la mano sinistra preme il grilletto, colpisce con i pallini tutti e tre, cadono a terra. L'auto sta già scappando, la spedizione è finita, puntava a questo: ad abbatterli, a centrarli come si fa con i barattoli, come qualcuno fa di notte con i gatti.

La caccia al nero, una xenofobia fisica, criminale, una vendetta materiale contro tutti colpendo un "negro", con quegli spari che sembrano un annuncio e una fine, è uno choc che il Paese non sa leggere: non era mai accaduto. E infatti il caso Rosarno non è diventato un fenomeno politico, nessun partito ha sentito il bisogno, l'urgenza, o meglio il dovere, di riunire la sua direzione proprio lì, a Rosarno, per un giorno, richiamando le televisioni o obbligandole a inquadrare il significato di quegli spari che affiorano nel buio impunito della mutazione italiana.

Poi c'è Macerata, con l'assalto di Lupo. E infine si arriva a sabato 2 giugno 2018, quando viene ucciso a colpi di fucile Soumayla Sacko, 29 anni, maliano, il sindacalista dei migranti, perché aiutava due ragazzi a procurarsi vecchie lamiere da una fornace abbandonata per la tendopoli dove dormivano, nel ghetto di San Ferdinando. Qui vivono i braccianti stagionali, Soumayla oltre al lavoro difende i diritti dei suoi compagni, li organizza, li rappresenta. Quel sabato si muove con altri due amici del Mali, Drame Madiheri e Fofana Madoufoune, per raggiungere la fornace di San Calogero, una fabbrica di mattoni chiusa da dieci anni e sigillata dalla Procura, perché piena di rifiuti tossici e inquinanti.

La fornace non appartiene più a nessuno, non c'è nulla da rubare, ma Drame e Fofana vogliono trovare qualche lastra di lamiera per il loro rifugio alla baraccopoli, perché il ferro resiste agli incendi più delle tende. Soumayla non ha bisogno di nulla, li ha accompagnati soltanto per aiutarli. La distanza è di dieci chilometri: due hanno camminato, uno era in bicicletta. Poi lo sterrato, la fornace, il capannone. Dopo un'ora sono sul tetto a lavorare con il ferro, quando vedono arrivare una Panda giù in fondo. Poco dopo sentono un proiettile che li sfiora. Qualcuno sta sparando contro di loro. Fofana è al piano terra, sta spostando lamiere. Il cecchino lo prende di mira: si salva soltanto perché in quel momento ha una lastra di ferro sulla schiena che funziona da corazza, i colpi sparati contro di lui rimbalzano.

A quel punto gli spari si indirizzano verso il tetto, contro Soumayla. Drame Madiheri nell'interrogatorio della polizia racconta esattamente la dinamica del delitto, una scena da cui è fuggito nel suo Paese e che si è ritrovato davanti agli occhi nell'Italia del 2018: "Ho sentito distintamente il colpo, ho capito da quale direzione veniva, mi sono voltato. E allora ho visto un uomo a distanza, in posizione sopraelevata, che ci osservava da seduto, puntandoci il fucile contro. Poi un altro colpo di fucile colpiva Soumayla alla testa e lo faceva cadere a terra nel sangue. Io riuscivo a ripararmi di corsa dietro un muro, per non essere colpito. Ma intanto mi accorgevo che l'uomo mentre puntava il fucile si spostava per avere una visuale migliore della mia sagoma e quindi per cercare di spararmi contro".

È un ritratto completo della tragedia italiana, un dipinto drammatico, con il paesaggio concreto e metaforico di una fabbrica dismessa e inquinante e i personaggi già radunati al loro posto, che aspettano il via. Lui vede arrivare loro: questo gli basta. Entra in azione. Anzi, sale in postazione. Si piazza "in posizione sopraelevata", su un rilievo di quel terreno abbandonato, per vedere meglio, per controllare la scena di caccia, per avere la visuale aperta sui bersagli, per sparare liberamente. Drame dice che era a una distanza di fucile, la perizia stimerà 50-60 metri: a terra nei vecchi rottami resta una cartuccia calibro 12, esplosa. È seduto, probabilmente per avere un appoggio al braccio che sostiene l'arma, quando preme il grilletto, quindi per una ragione pratica di comodità, per colpire meglio.

Così la scena è impressionante, sembra un brutto film americano. È passato dal casolare in disuso vicino alla fornace (ci dormono altri due extracomunitari, Harun Bah e Moutarou Seydi), si è preso una sedia, se l'è portata sulla collinetta e si è accomodato. È da quella "posizione sopraelevata" che l'uomo seduto spara ai "negri". È da lì, probabilmente chiudendo un occhio per prendere meglio la mira, che colpisce alla testa Soumayla, e lo uccide.

Quando il ragazzo cade a terra, i compagni scappano urlando, ma a lui non basta. Continua a puntare l'arma, anzi, poiché Drame aveva cercato rifugio dietro la rientranza di un muro, lui adesso si sposta per provare a inquadrare meglio la sua "sagoma", per mettere a tiro il bersaglio, insomma per riuscire finalmente a sparargli a colpo sicuro.

Nel gergo tecnico del verbale, il compagno di Soumayla fa un ritratto preciso del suo assassino: "Io ho visto con chiarezza che i colpi provenivano da un uomo bianco, sui quaranta-cinquant'anni, di statura media, con i capelli scuri e corti, con pantaloni lunghi grigi e maglietta nera a maniche corte, che imbracciava un fucile e si era posizionato su un'altura a circa 70-80 metri di distanza da noi, per poi allontanarsi con una Fiat Panda di colore bianco, vecchio modello".

Così l'"uomo bianco" approda anche sui verbali d'interrogatorio, nei documenti giudiziari, diventa un carattere distintivo, una figura ufficiale, un soggetto criminale. È la prima definizione dell'assassino che viene in mente al sopravvissuto, allo scampato, che lo ha visto sparare con i suoi occhi. È l'immagine che i suoi gesti e la sua volontà hanno dato di lui in quel contesto. Ciò che fa, come e perché lo fa, lo configura davanti agli altri che devono mettersi in salvo dai suoi colpi. È una conseguenza quasi meccanica. È questo l'uomo che spara ai "negri" in modo clamoroso, patente, dall'alto verso il basso, perfettamente visibile, come se volesse mostrarsi a tutti? Allora eccolo, è lui, è l'uomo bianco.

Adesso lo riconosciamo. Prendiamo i tre casi insieme e proviamo a girare l'arma, a risalire il percorso dei colpi, a guardare dall'altra parte della canna del fucile (o della pistola), per cercare di capire chi lo ha caricato, chi punta, chi spara. Osserviamo chi guida l'auto nella battuta di caccia, facendo da scout, da vedetta e da segnapunti, accendendo magari gli abbaglianti per illuminare la preda come si fa con gli animali.

Noi lo vediamo agire, l'uomo bianco, ma resta comunque intatto il mistero del prima, il momento enigmatico dell'ultimo gradino. Perché si può condensare in ognuno di noi (se cedono le nostre strutture di elaborazione politico-culturali) tutto il risentimento del mondo, tutta la ribellione dell'epoca, tutta la solitudine del momento, ma rimane la barriera dell'interdetto depositato da secoli di legge, religione e civiltà, un blocco morale che ci impedisce di trasformare tutto questo nel progetto operativo e criminale di un assassinio rituale in forma moderna. Ci sono altre manifestazioni per esprimere la rabbia, e anche la frustrazione e la ribellione si infrangono contro la potenza del limite, che comprende in sé la norma e la supera, mentre funziona da argine e ripulsa per l'omicidio.

Eppure, qualcosa è saltato in questo congegno delicato che regola la consapevolezza del confine e governa la misura della trasgressione, coniuga l'esercizio della libertà con la coscienza della responsabilità, traduce la quotidianità materiale e invisibile della democrazia nelle rassicurazioni, nel sistema di riconoscimenti impliciti, negli affidamenti reciproci che ci confermiamo nella normalità della vicenda quotidiana e del suo meccanismo di relazione. Il vincolo – morale, penale, di tradizione – viene ormai percepito come un tabù, un divieto sacrale di cui però si disconoscono la legittimità e la ragione, perché il rito è sconsacrato in quest'epoca che non avendo bussola non vuole avere confini: muri, ma non limiti, non più obblighi, impegni e costrizioni.

D'altronde, dopo che tutto questo è accaduto (dunque senza alcuna relazione con i fatti, condannati anzi da tutti) capita che il ministro degli Interni sfiori i tabù italiani, come se toccasse iniziaticamente i muri della città, li scuotesse, provandoli, indicando intanto alla popolazione il perimetro sacro della sua stessa inquietudine, incentrandolo su figure precise che anima personalmente, evocandole a una a una dal fondo del paesaggio nazionale, come la minaccia incombente: lo straniero, il migrante, il clandestino, il rom. C'è posto per i prossimi "parassiti sociali", i nuovi "passeggeri clandestini" della purezza nazionale minacciata, della comunità esposta e indifesa.

Schierarli insieme significa creare subliminalmente una mappa ideologica e in buona parte artificiale dell'ansia italiana, renderla canonica e addirittura istituzionale con la benedizione del governo, che intanto trasforma – con l'autorità dello Stato – l'emigrante e lo zingaro nei nuovi nemici degli italiani. In questo modo non solo ci si allontana dai principi fondamentali della cultura liberal-democratica che hanno sempre funzionato da punto di riferimento per i governi del nostro Paese nel dopoguerra.

Ma soprattutto si arriva – ecco il punto – a lambire la demolizione di alcuni interdetti della democrazia occidentale nati addirittura dalla civiltà giudaico-cristiana: non dare soccorso nei nostri porti agli uomini raccolti nel Mediterraneo è infatti un modo di ammiccare – senza dirlo – a chi pensa che non bisogna raccogliere più nessuno in mare, rovesciando l'Abele italiano nell'eterno Caino che non abitava qui, e che oggi può ripetere come nella Genesi: sono forse io il custode di mio fratello?

Psicologicamente lavora nella stessa direzione la campagna sulle armi e sulla legittima difesa, per abolire la proporzione necessaria tra la reazione di chi si difende e l'offesa ricevuta. Questo, naturalmente, sempre sotto la spinta di una paura che il Censis certifica come basata su una percezione alterata della realtà. I reati sono infatti diminuiti del 10 per cento nel 2017 rispetto al 2016, gli omicidi si sono quasi dimezzati in dieci anni – da 611 a 343 –, le rapine sono scese del 37,6 per cento, i furti del 13,9. Ma si fa politica sulla percezione, non sulla realtà del Paese. Il risultato è che vediamo aumentare la voglia di sicurezza fai-da-te, sul modello americano, con la percentuale di chi invoca norme meno rigide per il possesso di un'arma da fuoco che passa in un anno dal 26 al 39 per cento: in un Paese che conta un'arma nelle case di 4 milioni e mezzo di italiani, con una crescita del 13,8 per cento solo nell'ultimo anno.

Aggiungiamo la proposta di abolire il reato di tortura (introdotto a fatica in Italia, il Paese dei gravissimi abusi nei casi Cucchi, Uva e Aldrovandi, dopo ripetuti richiami da parte dell'Europa) perché impedirebbe alle forze dell'ordine "di fare il loro lavoro". Siamo dunque davanti a uno slittamento non soltanto semantico, ma concettuale, politico, con traduzioni pratiche, legislative, operative – anzi, una rincorsa – che determina un clima ideologizzato nel Paese.

Avevamo già visto crescere prima, da tempo e nella cosiddetta autonomia del sociale, segnali sparsi di violenza disorganica che la politica non aveva colto.

Nel momento del massimo disincanto dalla cosa pubblica e dalla vita dei partiti, la campagna elettorale del 2018 è stata infatti improvvisamente attraversata da atti di teppismo sparsi, di segno diverso, come non succedeva da anni. Prima il segretario di Forza Nuova legato mani e piedi a Palermo come nei peggiori anni della nostra vita, e pestato a sangue. Poi la stessa Forza Nuova che tenta l'assalto all'informazione, attaccando gli studi romani del talk *Dimartedì*. Quindi il militante di Potere al popolo accoltellato a Perugia mentre incolla i manifesti elettorali al muro. E infine la profanazione della lapide di via Fani – a pochi giorni dal quarantesimo anniversario del massacro di cinque uomini di scorta e dell'uccisione di Moro – con la scritta "Morte alle guardie", e la svastica che ritorna come oltraggio supremo alla democrazia.

Si deve parlare di teppismo politico, perché abbiamo conosciuto ben altra stagione di sangue negli anni settanta. Ma tutti i segni dicono che la violenza torna in politica, sotto forme isolate e disomogenee, insieme con le manifestazioni di razzismo, le dichiarazioni xenofobe, le riproposizioni di un fascismo fuori dalla storia, espressione di antagonismo radicale al sistema più che di nostalgia.

Saltati quei grandi pedagoghi di massa che erano i partiti, esaurite le culture politiche centenarie che sono state un orizzonte di riferimento per generazioni, è venuto meno anche il collegamento tra la società politica nel suo complesso e le istituzioni democratiche, la coscienza di avere un tetto comune. Con tutte le sue miserie, le disillusioni e anche i tradimenti, la democrazia repubblicana "riconquistata" era qualcosa comunque da difendere, un luogo in cui cercare un riconoscimento reciproco, una tutela e uno scambio.

Mancando questi argini, la violenza fluida e dispersa che viaggia dentro la nostra società trabocca anche in politica. Anzi, qualcosa di meno e di peggio: diventa "linguaggio" politico naturale e spontaneo, quel linguaggio teppistico che registriamo altrove, e che entrando nel campo della politica non trova più una capacità di traduzione e di decantazione in un sistema organizzato di ideali e di valori, ma anche semplicemente di concetti e di forme di espressione, un codice accettato, persino con una sua nobiltà.

Tutto questo avviene non perché viviamo campagne elettorali al calor bianco, ma al contrario perché siamo nella fase del grande freddo, quando il cittadino e lo Stato appaiono indifferenti l'uno all'altro, quasi due soggetti sconosciuti costretti a coabitare nello stesso spazio indifferente. Un'implosione, per mancanza di passioni e di strumenti culturali in grado di elaborarle rinnovandole nel circuito politico-popolare. Nello stesso tempo la marginalità sociale, l'esclusione, la frattura sembrano trovare espressione e rappresentanza nei nuovi gruppi che tornano a richiamarsi in qualche modo al fascismo, in un testa-coda tra storia e politica che completa la grande contraddizione del disordine italiano.

Naturalmente non c'è bisogno di pensare a un impossibile ritorno del fascismo organizzato sulla scena politica italiana, per preoccuparci oggi. Basta chiedersi quanto fascismo disorganico, sciolto, quasi naturale è già tornato a circolare nella nostra società. Proprio il fatto che sia veicolato dalle notizie di cronaca spicciola dimostra che è tornato a vivere spontaneamente fuori dal Palazzo, qua e là, senza una linea di pensiero teorico che lo indirizzi e lo guidi: ma senza un'altra che lo contenga definendolo. Anzi, non ha bisogno del Palazzo, perché si muove sotto la linea d'ombra della politica ufficiale, con blitz situazionisti che testimoniano quasi fisicamente la radicalità di un'alternativa che non ha uguali, perché viene non da un altro schieramento ma da un altro mondo: che consideravamo sepolto dalla storia, mentre improvvisamente ritrova un mercato, più sociale che elettorale.

Proprio questa alterità totale definisce la metamorfosi del fenomeno, diverso dal nostalgismo del dopoguerra, con il culto della memoria nei presepi sepolcrali, e dalla marcia dentro Roma attraverso le istituzioni, negli ultimi decenni. La novità del fascismo 2.0 sta nel suo essere pura presenza, azione e antagonismo. Una formula postpolitica perfetta per raggiungere le fasce più ribelli della popolazione, convincendole che l'azione è la forma estrema della semplificazione populista dei problemi complessi che il Paese ha davanti. La teoria non serve, nascerà a posteriori dal gesto esemplare, che spiega se stesso mentre si compie.

Denudato a puro gesto, fuori da ogni orizzonte culturale e ogni progetto politico, il fascismo torna così a farsi presenza originaria, senza cautele e senza mimetiche parlamentari. Una citazione esemplare, una derivazione integrale, una riproposizione esplicita, fuori dalla storia, dunque al riparo dal giudizio del secolo, dalle sconfessioni della realtà europea, dalla memoria della tragedia italiana. Quello che torna è un fascismo pop, surreale, che cerca una cornice forte per fiammate testimoniali, più che un progetto politico, una strumentazione pronta per un conflitto latente, evocato, sceneggiato, predisposto.

Tutto questo è stato possibile grazie al riduzionismo del fascismo storico banalizzato in vizio italiano, trasportato dalla sua eccezionalità novecentesca in un curioso capriccio del carattere nazionale, trasformato in aneddoto, nella citazione "innocente" del "credere, obbedire, combattere"; mentre parallelamente si demoliva il nesso che collega l'antifascismo della Resistenza alla nascita della repubblica democratica, proprio per questo non interamente *octroyée* ma riconquistata. Poi per il mancato rendiconto della destra italiana (con l'eccezione di Fini) con l'eredità fascista, nel silenzio della cultura liberale che non ha speso a destra un centesimo del pedagogismo democratico giustamente impiegato per decenni a sinistra con il Pci.

Oggi il nemico naturale, immediatamente simbolico, di questo fascismo novello è naturalmente il migrante. Agendo contro di lui si raccolgono gli istinti, le inquietudini, le pulsioni profonde di una parte della popolazione infragilita dalla crisi e di un'altra parte indurita da una inedita gelosia del welfare. Un risentimento identitario che questo fascismo sparso trasforma in un inedito sentimento indigeno, risalendo istintivamente fino al mito dell'identità perpetua oggi in pericolo, con un concetto di popolo che torna a essere comunità biologica più che Stato o nazione: infine razza.

Germinando nel conflitto sociale sospeso sulle nostre periferie, questa predicazione istintiva che torna a unire razza e Patria, contro i "non-popoli", può trovare spazio in un nuovissimo egoismo del benessere, del lavoro, della salute pubblica, quando lo smarrimento della crisi porta a non voler più dividere nulla di tutto questo, a distinguere tra "noi" e "loro", come se l'uomo bianco fosse l'unico soggetto deputato a muoversi oggi nel sociale, l'unico titolare dei diritti umani e civili: non parliamo dei diritti di cittadinanza.

E invece basterebbe chiedersi quanti centri di solidarietà sommersa e nascosta esistono nel nostro Paese, come quello di Como assaltato dai naziskin, con le macchine da cucire negli scaffali per sistemare gli abiti d'emergenza ai migranti, e i volontari silenziosi e umiliati davanti alla violenza del blitz neofascista che leggeva il suo proclama d'intimidazione. Ma il Paese lo sa? Bisognerebbe avere il coraggio di dire che è qui, e non nel sangue o nel colore della pelle che si forma il tessuto connettivo di una comunità civile, di una democrazia occidentale, della repubblica.

Si può invece capire – al contrario – che tutti questi segnali sparsi accumulino le nuvole della tempesta. In attesa del lampo, della scossa elettrica. Prima c'è l'ultimo avvertimento pauroso del tuono. È quando la predicazione della paura trasforma la crisi in una rapina delle élite, con la complicità di Chiesa, democrazia e cultura, colpevoli di accettare la deriva di un destino di sottomissione già segnato. In questo deserto, poiché l'odio ha bisogno di nemici, ecco che l'immigrato viene trasformato nel nuovo nemico di classe, arrivato per invaderci, per occupare le nostre città, per contenderci il salario e per impoverirci il welfare, invasore del nostro spazio naturale, usurpatore delle periferie in cui dorme, concorrente nel lavoro che si procura, parassita dei pochi servizi sociali di cui usufruisce.

Fino a diventare inquietante con la sua sola presenza, intruso per la pura pretesa di sopravvivere, insopportabile per la sua sovrapposizione nel nostro spazio, abusivo per definizione. Non si capisce ormai se respingiamo di più la sua pretesa politica, morale, fisica, umana, esistenziale: ma è evidente che la raffigurazione dell'uomo di colore riassume in sé l'identità storicamente colpevole dello straniero, del povero e del migrante, dunque legittima ogni forma di ripulsa, qualsiasi gesto che segni la separazione, qualunque forma di rifiuto e di rigetto. In più, il "nero" condensa, potenzia e scarica sopra di sé questo insieme di istintualità aggressive non più mediate, non elaborate e ricomposte, anzi armate di un nuovo guscio ideologico che le protegge, le giustifica, le interpreta e le sceneggia a piene mani nei talk tra i sorrisi dei presenti, spargendole ogni sera nella solitudine dispersa, illuminata soltanto dalla luce singola di un televisore.

Nella grande semplificazione che segue la spoliazione, il modo più naturale ed elementare di reagire, a questo punto, è armare la paura: finché qualcuno pensa davvero di farlo, crede di poterlo fare, decide che lo farà. E c'è un momento in cui prende il fucile, radicalizzando in una prova estrema, assoluta, un clima sociale e politico che ottusamente non sa dove porti, ma suggerisce forza e muscolarità, e intanto produce un alone di legittimazione, copertura e consenso.

L'uomo bianco arriva a questo appuntamento da solo, attraverso percorsi diversi, che possono essere la strada maestra di Macerata, la scorciatoia di Rosarno, l'altura che trasforma in poligono di tiro mortale la vecchia fornace a San Calogero. Nel silenzio della solitudine, come abbiamo visto, scende quell'ultimo gradino per la furia di un raptus, per un attacco di lucida follia, per l'isteria di un assalto. Le ragioni per cui arma il suo risentimento, spara per le sue fobie, criminalizza le sue pulsioni, sono varie, e differenti tra loro.

Un punto solo è sempre uguale: il bersaglio è un uomo di colore. Chi ha deciso di sparare esce di casa con il fucile sul pianale della macchina, con la pistola nel giubbotto, con il proiettile in canna e cerca proprio lui: il "negro". Se la persona cacciata fosse bianca, occorrerebbe una qualificazione in più per individuarla, una specificazione per distinguerla, e per colpevolizzarla – in ogni caso – sarebbe necessaria una caratterizzazione legata a un comportamento individuale o collettivo. Per il nero, no: non serve ciò che "fa", basta ciò che "è" per trasformarlo in target per una pallottola, qualcosa da mettere nel mirino. Tutto si assorbe e si concentra in una figura, in una parola, definita soltanto con un tratto, con la pelle, con il suo colore.

Potenza della negritudine, come la chiamava Léopold Senghor, concentrato dell'anima e della coscienza nera. Sia pure qui rovesciata nel suo contrario dalla xenofobia italiana, che feticizza (e inconsciamente assolutizza) ciò che ha demonizzato e razzializzato, rendendo il migrante nero centrale nella sua ossessione, quasi fosse una presenza dominante nella nostra società, una figura talmente emblematica che le vengono conferiti tutti i simboli negativi del conflitto dell'epoca, come se potesse reggerli: fino allo schianto degli spari, che abbatte la costruzione immaginaria, ma anche la persona.

Seguiamolo, l'uomo bianco. A quel punto – mentre sta già alzando il fucile, prova l'appoggio alla spalla, l'impugnatura, aggiusta la mira e cerca il grilletto – ha gettato via quasi tutto, ha rinunciato alla politica, alla religione, alla cultura, al buon senso sociale, a tutti questi meccanismi di elaborazione dei problemi, di composizione dei contrasti, di intermediazione con gli altri, di relazione con il prossimo. Alla fine (perché il momento della fine è venuto) è solo, libero da tutto, come voleva, in realtà carico della sua ossessione che nel vuoto di ogni sentimento lo sovrasta dominandolo, fino ad agirlo. Ha una pistola, ma è come se si presentasse a questa soglia a mani nude: perché sparare è tecnicamente facile ma è psicologicamente troppo, bisogna trovare una ragione per farlo che superi il gesto e lo nasconda mentre lo spiega.

Anzi, chi spara ai "negri" fatica ad ammetterlo, cerca sempre dentro di sé una seconda ragione. A Rosarno è il bisogno d'ordine che fa prendere la pistola a pallini, quelli facevano sempre i loro bisogni lungo la strada, così come capitava, non se ne poteva più. A Macerata è la "punizione" dei "neri" che sono tutti spacciatori, dunque colpevoli per l'omicidio efferato di Pamela, causato dalla droga. Alla fornace di San Calogero, probabilmente è la difesa della "roba", quelle vecchie carcasse di lamiera abbandonate, quei mattoni contaminati che non sono di nessuno, ma devono comunque restare lì, non possono venire saccheggiati dai "neri" per i loro accampamenti: loro, no.

Ordine, vendetta, possesso. Sono le molle iniziali, le sovrastrutture a posteriori che l'uomo bianco si crea, perché anche per lui è faticoso sopportare l'idea di essere sceso in strada a sparare contro altri uomini per il colore della loro pelle. Bisogna trovare un motivo, ingigantire un pretesto, farlo agire da movente. Quanto alla misura tra la presunta ragione per cui ci si arma e gli spari contro una persona, quella è ormai già definitivamente saltata, la società cosiddetta civile non ha più il metro, e non lo cerca.

Quell'uomo bianco è un cittadino privato che s'incarica di regolare conti pubblici, magari per un interesse particolare. E lo fa nel momento in cui avverte che è venuto meno il legame sociale, si sente ai margini, quasi fuori, e tuttavia libero in fondo alla sua solitudine. Libero di varcare da solo il limite, a nome di altri. C'è dunque un inconsapevole aspetto rivolto al pubblico, quasi un appello pagano in quegli spari, qualcosa di rituale, addirittura di sacrificale, che dovrebbe allarmarci per l'eco sacrilego che rimanda. Quando viene meno il vincolo di società, avanza dal buio dell'epoca il giustiziere di una giustizia immaginaria, investito da sé di un mandato per ripristinare l'ordine turbato, per purificare il Paese, a costo della vita altrui o dell'incolumità di persone che pensano di poter condividere con noi il diritto a vivere in pace in uno Stato democratico, in mezzo alla libertà garantita dalla civiltà europea.

Dicono i coltivatori dell'odio che tutto questo è

frutto dell'esasperazione del cittadino insicuro, e dunque di un'escalation che mescola impotenza e onnipotenza, fino alla caccia all'uomo fai-da-te. In realtà è esattamente il contrario. È il segno di una regressione evidente, che porta la persona a spogliarsi della responsabilità sociale di cittadino per tornare individuo, e l'individuo a rinunciare a tutti gli strumenti d'intervento costruiti in decenni di democrazia e di storia nazionale della convivenza, per precipitare nel pozzo primordiale della pistola e dell'agguato, del gesto estremo dell'uomo contro l'uomo fuori da ogni cornice di legalità e da ogni tradizione di civiltà. Un gesto che stravolge la politica, inventata come mezzo di regolazione dei conflitti, svilita per anni in concimazione delle paure e infine divorata da un progetto omicida che la cancella azzerandola.

Gesti isolati, certamente e per fortuna: ci mancherebbe altro. Ma che non nascono per caso e non vengono dal nulla. Al contrario, possono contare su un clima di legittimazione strisciante, su una banalizzazione crescente e quotidiana dei troppi episodi di intolleranza razziale (undici feriti per attacchi razzisti nel precipizio dell'estate 2018), sul disprezzo dei principi costituzionali, sul dileggio di chi predica e pratica la tolleranza e la convivenza. Condanne a mezza bocca, giustificazioni subito pronte, la consapevolezza di un mainstream parallelo, che si muove dentro la forma democratica ma è sempre più estraneo ai valori dell'Occidente europeo in cui viviamo, alle istituzioni repubblicane vilipese e disprezzate come pratica quotidiana, nel silenzio della cultura che assiste passiva, con il cardinale tedesco Reinhard Marx che avverte inutilmente: "Essere nazionalisti e cattolici non è possibile".

Ma da noi è come se la cultura democratica fosse già finita in minoranza: se non nei numeri, certamente nella capacità di contare e di convincere, di credere in se stessa, e cioè di produrre egemonia. La mutazione in corso, infatti, è prima di tutto culturale. Perché il fantasma dell'uomo bianco – ecco il cuore della questione – evoca ciò che certamente noi siamo, ma che non ci siamo mai accontentati di essere, ciò che non rinneghiamo (non potremmo, non vogliamo) ma che non ci è mai bastato per definirci: tanto che abbiamo aggiunto a questa identità primitiva e basica, fisica, le sovrastrutture che nelle diverse vicende nascevano dalla storia, dalle relazioni, dagli scambi, dalla politica, dalla cornice della civiltà europea, dalla coscienza dei diritti nostri e altrui, dal divenire della nostra forma associata di vita.

Noi siamo anche ciò che abbiamo incontrato, che ci è cresciuto accanto, ciò che è vissuto insieme con noi: dando anima concreta e corpo sociale alla nostra democrazia, che è una pluralità di esperienze che convivono accettandosi liberamente e rendendosi compatibili nel confronto-conflitto, dentro un orizzonte condiviso e sotto un tetto comune.

Ognuna di queste certezze oggi viene revocata e torna in discussione, a causa della paura che determina una vera e propria spoliazione, doppia. Per il migrante quando viene ridotto a pura espressione razziale da inquadrare nel mirino, da colpire come un bersaglio per i due simboli primordiali della separazione razzista, il colore della pelle e il peccato d'origine. E per l'uomo bianco che, mentre diventa soggetto politico e sociale, regredisce, denudandosi fino ad affidare la sua identità residuale alla sostanza biologica primitiva, la pelle e il sangue, come nei peggiori incubi della storia d'Europa.

Poi ci sarà qualcuno che s'incaricherà di raccogliere follemente su di sé il precipitato storico di questi anni sciagurati con nove colpi di pistola contro "i negri", sangue per strada, feriti, urla e passanti in fuga: per coprire infine il suo sovranismo con il tricolore e gli spari con il saluto romano, in un accumulo univoco di significati, radunati attorno al monumento ai Caduti e alla paura di una città che si ripara dai colpi dietro le persiane chiuse.

Giunti fin qui, al ground zero italiano, tutto è consumato, persino il buio, addirittura lo stupore: anche ciò che resta da capire.

7.
La resa

Un pugno nel muro. Poi una scarica di pugni, a mani nude contro il muraglione del cortile, nello spazio dell'ora d'aria. Sangue, arrivano le guardie, lo riportano in cella e fanno rapporto: Lupo finirà dal comandante del carcere. Adesso è seduto, con la testa tra le mani, bendate, e le cuffie con la musica nelle orecchie. Sembra estraneo a tutto. Come se quel pugno lo avesse trascinato in un mondo a parte, mentre in realtà ha segnato la prima frattura – il mattino del 7 giugno 2018 – nella vita ordinaria della prigione dove Luca Traini si trova quel giorno, quattro mesi dopo il mattino degli spari.

La prima cosa che ha fatto dopo essere entrato in carcere, appena arrestato, è stata cominciare a russare. Glielo ha detto la guardia che lo controllava ogni tanto la prima notte, dopo l'arrivo nel penitenziario di Ancona, frazione di Montacuto. Lui si è stupito: siamo sicuri? Erano anni che non russava più: stress, inquietudine, difficoltà con il sonno, il malessere dei tagliati fuori. No, è qualcosa di molto più forte, altrimenti non sarebbe successo quel che è successo e lui non sarebbe finito qui. È la rabbia di sentirsi rinnegato, questa è la parola che bisogna usare per fotografare la sua vita prima della pistola, la corsa con la Glock spianata di quel sabato per le strade tranquille del centro di Macerata, e poi giù in periferia e nelle frazioni, dovunque aveva voluto indirizzare la caccia, per mandare quel segnale e lasciare la sua impronta: di lupo.

Rinnegato è un concetto che viene su dal profondo della sua esperienza, o come si dice dal vissuto, anche se sembra un termine da film americano di una volta, quelli con i soldati, la bandiera e gli indiani. Invece no, serve per spiegare come si sentiva in questo Paese, nell'inverno del 2018, uno come lui: fuori, ai margini. Il ripudio, l'esclusione, il rigetto, la dimenticanza non lo facevano dormire, anzi lo tenevano all'erta contro tutti, giorno e notte con i pugni chiusi, i denti serrati e il coltello lungo sotto il comodino. Non era vita, lo può capire chiunque. Adesso, subito dopo l'azione, Lupo russa tranquillo.

Ha rischiato di ammazzare nove persone, ha sparato contro tre discoteche, tre bar, due negozi, la sede di un partito, ha rinchiuso dentro casa e nel panico un'intera città ma a cose fatte dice che mentre guidava e sparava gli dispiaceva solo l'idea che quei colpi così all'impazzata potessero danneggiare qualche italiano. Per il resto era accecato da un senso crescente di odio, di malessere, di schifo, che si confondevano in una vera e propria crisi di rabbia, la grande nuvola d'ira dietro la quale per lui tutto si giustifica perché ogni cosa si confonde, tutto si mescola e si sostiene mentre si spiega.

La rabbia è il movente, quasi fisico più ancora che psicologico tanto che se la sente addosso, è incontrollabile; ed è anche l'assoluzione, perché secondo Lupo incrocia un sentimento collettivo di cui lui si considera scelto come strumento eletto, perché quel giorno era pronto, era lì, era lui. Una rabbia che lo scatena, lo urge, ma nello stesso tempo lo indirizza, lo guida. E lo porta a colpire proprio quella gente: solo loro, tanto che per strada gli è capitato di incrociare una famiglia di pachistani e l'ha lasciata andare, non era quello il suo obiettivo.

"Quella gente", come li chiama adesso, per lui erano gli africani, li voleva maschi, adulti, tra i venti e i trent'anni. Neri: si è capito, finalmente? Continua a ripetere che lo ha fatto perché questi stanno in Italia, spacciano e fanno a pezzi le ragazze. Adesso lo sanno tutti? Li ha scelti in città, dopo aver pattugliato le strade e le piazze, esattamente per questo. Un identikit antropologico, politico, ideologico, tracciato all'ingrosso. Chi ci rientrava, come nella sagoma del poligono di tiro, si è trovato una pallottola nel fianco, nell'ascella, nel petto, nel braccio, nella gamba, nel gluteo, nello stomaco, mentre camminava nel sabato mattina sul marciapiede di una città italiana.

Finché a Casette Verdini, durante il Padre Nostro mormorato davanti al cero illuminato di Mussolini, l'adrenalina è scesa quasi completamente, sarà la preghiera, sarà il fatto di aver interrotto la corsa in macchina, resta che lui lì ha capito che l'azione era conclusa, è come se si fosse svuotato il vaso della rabbia e si fosse spenta la fiamma dell'odio. Gli spari finali per aria prima di arrendersi sono stati di puro avvertimento per tutti, come una sirena che suona in città, ricordatevene. E anche come un segnale anticipato della resa: sto correndo verso la fine, sono gli ultimi colpi, tutto è compiuto.

Mani dietro la schiena, gli hanno infilato le manette, sotto il tricolore che sventolava ancora appeso al collo. Ha provato a fare un piccolo proclama, dicendo che non vuole scatenare altro odio contro persone che giudica parassiti in un sistema ormai malato, ma spera che il suo gesto smuova le coscienze e l'orgoglio di un popolo che ha creato una nazione e la vede ogni giorno rovinata e consegnata all'oblio. Quel momento della resa è doppio, ha ancora addosso l'onnipotenza degli spari, ma sa che lo hanno preso, la sua "spedizione contro il male" è davvero conclusa. Ancora pochi minuti e al momento di salire sulla macchina dei carabinieri sente che la sua giornata si è chiusa, è terminata la storia. Per lui si è spento tutto.

Così Lupo è finito qui, in una cella per tre, in una sezione di 13 detenuti, in un carcere di 285 persone, con 102 stranieri. Sta con un macedone accusato di aver ammazzato un bambino e con un italiano imputato dell'omicidio di una donna anziana. Poi c'è lui. Ha 29 anni, la pistola della strage ha spezzato anche la sua vita, ma oggi dice di star meglio dentro che fuori. Sembra incredibile. Ma spiega che qui, per lui, rispetto al mondo nemico c'è qualcosa di stabile, c'è l'ordine, c'è la tranquillità. Quel che gli è sempre mancato fuori, qualcosa di solido, sicuro, saldo. E qualcosa di calmo, sereno, equilibrato.

Fino a quel pugno nel muro che segna la rottura della prima fase, il ritorno dell'angoscia e del furore. Le cose cominciano la sera prima, quando dal telegiornale arriva in cella la notizia che probabilmente due dei tre indagati per la morte di Pamela saranno scagionati dall'imputazione di omicidio. Lupo si sente coinvolto personalmente, come in un affare di famiglia. Non si perde un tg. Ascolta e riascolta la notizia, l'idea di un'ingiustizia gli si pianta in testa come un chiodo e non se ne va, anzi esplode al mattino quando l'appuntato che entra in cella gli passa il giornale dicendo: "Hai visto, questi due negri escono e tu rimani qui. Questa è l'Italia".

È come aizzare un animale in gabbia. Sta male, questa storia brucia come il fuoco, sente di nuovo crescere l'agitazione e avverte le guardie che lo portano fuori, gli dicono di camminare all'aria aperta per calmarsi. Ma dopo pochi passi lui serra i pugni, scatena il combattimento contro il muro, sembra non sentire il dolore, di nuovo c'è coscienza e incoscienza, diventa insensibile. Lupo si sente investito del compito di protettore di Pamela, tanto più dopo quello che ha fatto, il ruolo lo soverchia, la notorietà lo interpella e lo trascina, nella sua mente lo obbliga.

Mentre lo accompagnano dal comandante dà una spallata a un altro detenuto, poi chiede scusa. Dice che in Italia non c'è giustizia, chiede che lo portino dai due nigeriani che sono ancora in isolamento, vorrebbe regolare i conti da solo, ma quando arriva Giancarlo Giulianelli, il suo avvocato, scoppia a piangere per la rabbia, per l'impotenza, per tutto: nella sua mente, spiega, c'è un meccanismo oscuro che lavora e che talvolta si carica come una molla, fino a scattare, ed esplodere.

Dorme e sonnecchia per due giorni. Poi lo portano a Piacenza, in un Rop, reparto di osservazione psichiatrica, sotto controllo. Al processo, la Corte d'Assise dispone la perizia psichiatrica, e a fine agosto, quando ritorna nel carcere di Ancona, il professor Massimo Picozzi certifica che Luca Traini presenta tratti disarmonici di personalità, ma è pienamente capace di intendere e volere: ha cercato la strada dell'ordine (politico, ideologico, fisico, sentimentale) come "antidoto all'anarchia emotiva" che lo circondava, si è "ritirato dalle relazioni" con un senso di sconfitta e solitudine, si è ferito il corpo per scaricare "dolore e tensione", ha trasformato Pamela e la sua morte "nella metafora del caos" che lo sovrastava. Ma nulla di tutto questo incide sulla sua piena facoltà di intendere e di volere, sul suo rapporto con la realtà.

Il lupo che è in lui ora sembra essersi acquietato. Prende farmaci stabilizzatori dell'umore, fa ginnastica in cella ogni mattina, comincia a capire quando sale la tensione e chiede subito aiuto ai sorveglianti. Ripensando alla sua vita precedente, si sente "borderline" come lo ha definito la sua ragazza che studiava psicologia, indicandogli i sintomi della doppia personalità, continua a ripeterlo e adesso dà la colpa di certe esplosioni d'ira al consumo esagerato di caffè, di bevande energetiche, e all'uso smodato di testosterone per i muscoli. Sta riflettendo, sta cercando di trovare un bandolo.

Si sta adattando. Non si lamenta per la cella, la considera come una stanza, e nemmeno tra le peggiori. Anche se in prigione vede soltanto quattro mura e un corridoio, sempre le stesse cose, sa che comunque questa è la realtà, senza trucchi, inganni e sorprese. È un ambiente inquadrato, con regole precise che valgono per tutti. In più non va dimenticato che tre pasti arrivano sempre, non come l'ultimo lavoro fuori, che ancora gli devono pagare il mese passato: e l'ultimo giorno se n'è dovuto andare prendendo a calci la porta in un accesso d'ira, perché quando ha chiesto spiegazioni sullo stipendio che non arrivava, la segretaria gli ha risposto: non far domande, bambino... Bambino a Lupo? Devono ringraziare che si è fermato ai calci, che se n'è andato, che non è tornato indietro, con tutta quella rabbia che gli bruciava addosso.

Così alla fine è dentro il carcere che Lupo trova gente con cui parlare. È una sorpresa, anche per lui che non c'era mai entrato, ma è così. Perché qui, racconta, a differenza di fuori non c'è Luca il palestrato, Luca il buttafuori cattivo, Luca il grasso, Luca il geometra che non trova lavoro, Luca senza ragazza, Luca bambino. Qui c'è solo Luca, ti vedono come persona, ti rispettano. Tu hai combinato un guaio, d'accordo, ma qui dentro ognuno ha fatto il suo, siamo pari. Anche se naturalmente nei primi giorni tutti facevano mille domande, avevano visto la televisione, sapevano tutto. Sei proprio razzista, gli domandò una guardia carceraria, nei confronti di tutti? E gli altri, si può immaginare: perché l'hai fatto? Cosa volevi dimostrare? Lui risponde sempre che lo ispira l'idea di risollevare questo Paese, l'idea della purezza di un popolo che non si droga, che non si sballa, che lavora, che cura la sua famiglia.

Che c'entrano i neri con tutto questo? Nulla. La punizione, la vendetta, il riscatto, la rabbia si mescolano e l'odio razziale fa da detonatore, potenzia, ingigantisce, ideologizza. La mente di Lupo classifica, soprattutto semplifica, attacca e giustifica. Lui dice: se arriva gente dall'Africa che non ha lavoro, non ha niente, che deve fare? Delinque. Non gli viene in mente che la pistola non è la risposta. Anzi. Qualche tempo ancora, spiega, e il problema scoppierà per forza. Lui pensa di essere solo il primo di tanti che verranno, però il prossimo non sarà un emarginato come lui, la ribellione salterà fuori dalla parte più inaspettata della società. Il prossimo sarà un padre di famiglia, sarà magari un fidanzato, e le cose cambieranno.

Perché se ci fosse stata di mezzo in qualche modo la sua ragazza, spiega, allora invece di sparare dal finestrino, con l'Alfa in movimento e la mira imprecisa, lui sarebbe sceso dalla macchina, si sarebbe piantato lì davanti in piedi e avrebbe sparato in testa a tutti, a uno a uno, puntando con attenzione e facendoli fuori tipo *American History X*, il film americano con i neonazisti che vedeva e rivedeva quando era piccolo. Questo avrebbe fatto se avesse voluto davvero uccidere.

Non sembra avere coscienza del crimine che ha commesso, del suo carattere odioso, non sembra sentirne il peso, anche per i messaggi di solidarietà che ha ricevuto. Un mare, un vero e proprio fenomeno. Nei primi mesi, a caldo, l'avvocato è dovuto intervenire dicendo che non si può applaudire uno che spara ai passanti per il colore della pelle. Ma i messaggi per Lupo continuano. Gente che lo incita, che lo sostiene, che lo ammira. Ma anche madri di famiglia che non sanno cosa fare con la droga dei figli. Frange estreme. Sconosciuti. Ragazze. Genitori. Gruppi. Singoli. Nostalgici. Una donna di 77 anni. Un ammiratore dagli Stati Uniti. Un parroco. Gli ultras del Piacenza calcio. Ogni volta che gli portano la posta lui si sente importante, fuori dal grigiore dell'anonimato.

Gli sembra che la notorietà gli dia un ruolo, una funzione, soprattutto una responsabilità, per adesso e per il futuro. Intanto tiene tranquilli quelli che scrivono le lettere più facinorose contro i migranti. Spiega che la violenza non è la soluzione, bisogna cambiare le leggi. Risponde alle famiglie devastate dal problema della droga. Dice ai genitori di non smettere mai di parlare con i figli, di non lasciarli soli, di stargli vicino. Poi progetta una Onlus per il recupero dei tossicodipendenti, ma anche per aiutare il fratello a sostenere le spese legali, per rifondere le vittime. Ecco, è sulle vittime che si scarica l'ambivalenza con cui Lupo vive la sua storia. Lui crede di aver fatto bene ad agire come ha agito, quel mattino con la pistola, e ogni volta che sente di un reato commesso da uno straniero ne è più convinto, anche se adesso, a distanza di tempo, è disposto ad ammettere che ha colpito a casaccio gente che non c'entrava niente, che non aveva nessuna colpa.

Ma qualcosa incomincia a scavare dentro di lui. Ha visto in televisione Jennifer Otiotio, la ragazza che ha ferito al deltoide davanti alla stazione, nel letto d'ospedale; poco dopo il telegiornale gli ha mostrato i segni dell'operazione del giovane che ha colpito all'addome. Il suo gesto politico, il suo atto ideologico, si sono depotenziati di colpo, in quell'immagine povera di un ragazzo ferito che è venuta a bussare fin lì, visitandolo a sorpresa dentro la sua cella.

In più ad aprile la cognata gli ha scritto una lettera raccontandogli lo choc che il suo raid ha causato in tutta la famiglia, e nella madre soprattutto. Ha dovuto prenderne atto, cominciare a pensarci. È la seconda frattura, dalla furia alla riflessione.

Appena entrato in carcere aveva detto che non voleva avere contatti con detenuti stranieri, se li incrociava per lavoro pazienza ma poi basta, niente di più. A Piacenza ha avuto per vicino di cella un senegalese, dice che era un pezzo di pane, gli ha regalato due magliette, ma nello stesso tempo approfittando del suo italiano incerto lo canzonava insegnandogli *Faccetta nera*. Alla fine, è disposto ad ammettere che non è la razza che crea il criminale, ma è l'ambiente, il modo in cui cresci e in cui vivi, "perché poi, se conosci da vicino le persone, siamo tutti poveracci".

Pensa sempre all'omicidio di Pamela, uccisa a diciotto anni, l'età che aveva Arianna quando si sono dati il primo bacio, pensa alla madre di lei che deve aver passato giorni terribili. Non pensa mai a chiedere scusa ai sei feriti che la sua pistola ha buttato per terra, nel sangue sul marciapiede, senza una ragione: lui non sa dare ragioni. E non pensa al mondo che ha lasciato fuori dal carcere, o se ci pensa lo tiene per sé, perché non ne parla mai, anche se ha recuperato un rapporto con Mirko, il fratello, ha scoperto che si vogliono ruvidamente bene, a modo loro.

D'altra parte al domani che lo aspettava, fuori, ha rinunciato facilmente, addirittura volentieri. Fa in fretta l'inventario, poche cose sommarie. Una ragazza che poi ti lascia, quindi un'altra, uguale: anche se c'è la sorpresa di Stella, l'ultima, che non lo ha lasciato e anzi è venuta a trovarlo in carcere e lui, insomma, la sposerebbe anche, se lei volesse. Per il resto, vogliamo parlarne? La madre da accudire, sarebbe toccato a lui, perché il fratello ha un figlio piccolo, è impegnato. In più la nonna, stessa cosa. Suo padre? Dice che prima o poi ci sarà da far cagnara per le case. Insomma, sa quel che lo aspetta, dovrà scontare la pena, dovrà lavorare, ma è pronto: lo ha sempre fatto.

Senza un domani e cancellando il passato, Lupo in carcere consuma questa poca vita sospesa. Quasi come se questa, adesso, fosse una vita di riguardo. E infatti lui spiega che è così: la sua vita è veramente iniziata quando si è liberato di tutto il male che aveva dentro. Così dice, ma attenzione, perché non è una catarsi, non è un pentimento. Liberazione e dannazione si contendono il finale. Perché io ho cominciato a vivere, confessa Lupo, quando ho cominciato a sparare.

8.
La mutazione

Ma cos'era successo, quand'era cominciato, com'era stato possibile? Bisogna immaginarlo prima, tutto questo, mentre prende forma e intanto il contesto in cui viviamo lo rende via via plausibile, non solo, ma concepibile nella concretezza, realizzabile nella realtà, come un progetto qualsiasi: eccezionale certamente, fuori norma, e tuttavia in qualche modo compatibile con lo spirito dei tempi, capace di far sentire il suo soffio incandescente fin sulla soglia del fatto, indicando la strada per poi ritrarsi e ritornare più volte, come un'onda, o una tentazione. Dopo, la stessa cosa: di nuovo il medesimo contesto che assolve l'accaduto come immediatamente giustificabile, addirittura condivisibile, in ogni caso comprensibile.

La miccia dunque era già accesa. Anzi, il deposito di significato di quel che è avvenuto – di quel che sta avvenendo intorno a noi – va cercato in un tempo più lungo, che annulla il prima e il dopo. È il tempo non del cambiamento, con i suoi scarti e le sue sorprese, o della trasformazione, con un passaggio che prepara il successivo. No, quelli sono tempi politici, questo non lo è più, è il tempo della mutazione, quando il corpo sociale prende una sua cieca autonomia ed evolve senza modelli politici e culturali di riferimento, perché tutti si sono consumati e quelli nuovi non sono modelli, non sono culturali, non sono politici: non hanno alcun riferimento. Perciò vincono, perché sono puri contenitori della metamorfosi.

Come un mutante, infatti, il Paese si è convertito in un altro se stesso, e adesso nel pieno della trasformazione si sta guardando con occhi nuovi. Non credo dipenda dalla politica: anzi, temo che la politica sia l'acceleratore, la conseguenza e il saldo improvviso che fa saltare il banco. Sarebbe facile e comodo dare la colpa alle nuove destre che governano l'Italia da metà del 2018. Tuttavia la loro debolezza culturale evidente, la forzatura ideologica costante, l'impotenza politica manifesta rendono quest'alleanza non un soggetto protagonista della mutazione italiana, ma un driver avventurista di una corsa collettiva tutta programmaticamente fuori strada, verso il buio di un Paese sconosciuto.

Le forze di governo hanno la responsabilità della costruzione di un ambiente sociale e politico e di uno spazio istituzionale per quelli che erano istinti isolati e impulsi sciolti, e oggi vengono proiettati in una dimensione nazional-amministrativa, trasformandoli mentre li si legittima in tecnica esecutiva. Le dinamiche e le meccaniche della mutazione però vengono prima, pescano più nel profondo e stanno altrove, vanno individuate nello smarrimento del cittadino davanti alla percezione di perdita di controllo dello spazio e del tempo, alla sua vulnerabilità di fronte ai fenomeni che oggi lo sovrastano e rischiano di annichilirlo.

La globalizzazione non ha soltanto spostato le merci, il lavoro, il mercato e il denaro secondo le convenienze della finanza ma, rimodellando il meccanismo produttivo, lo ha disancorato dal luogo tenendolo sospeso in un altrove dove non abitano più i soggetti titolari del Novecento – parti sociali, poteri pubblici, partiti – senza essere stati sostituiti da altri rappresentanti. Un altrove dunque su cui è impossibile esercitare qualsiasi controllo. Perdendo potere a vantaggio dello spazio, il luogo ha perso valore, tutto è transito, non solo movimento. Il lavoro senza classi, senza rappresentanti e senza bandiere va di volta in volta a cercare chi tenga in mano le nuove chiavi inglesi, è una merce della modernità che si compra e si vende, che ha smarrito la sua storia e non ha preso coscienza di avere nuovi diritti salvo quelli negoziati sul posto e sulla porta, secondo l'urgenza e la convenienza del momento, senza mediazioni.

È saltato il nucleo della democrazia occidentale, costruito intorno al patto tra rappresentanza, capitalismo e welfare, e nessuno ha ancora negoziato il moderno compromesso sociale della nuova epoca. Ci sembra di essere al vento. Sventrando la spazialità, smaterializzando il mondo in cui viviamo, la globalizzazione ci ha aperto infinite possibilità, salvo quella di essere unità di misura di ciò che accade intorno a noi. Questa è la ragione dello smarrimento. Tutto è insieme appiattito e dilatato, compresso e ingigantito, siamo ogni volta al centro di processi che non controlliamo perché sono indipendenti da noi, ci attraversano dichiarandoci onnipotenti, lasciandoci impotenti.

Naturalmente dentro la metamorfosi il codice di riconoscimento reciproco è cambiato come una password scaduta, e tutti i vecchi congegni non aprono più le porte del nuovo mondo. C'è una nuovissima frustrazione, 2.0, in chi si sente partecipe della ribellione che ha abbattuto il vecchio sistema e oggi si accorge che non è riuscito a trovare l'ingresso nella terra promessa. Come una vena aurifera venuta alla luce, il risentimento vecchio e nuovo che cresceva sotto la pelle del Paese è trasportato direttamente in politica senza più essere arginato, mediato e tradotto dalle grandi culture dei partiti storici: anzi è trasformato furiosamente in contropolitica.

Non è un passaggio da poco, perché cambia la natura del Paese, il suo sentimento prevalente, potremmo dire il suo carattere storico. Da nazione democristiana, mediatrice, conciliante e compromissoria, però unita sui suoi valori di fondo e sul cammino in Europa e in Occidente, siamo diventati in questi anni un insieme di radicalità sparse, senza punti di riferimento condivisi, senza una bussola comune, senza più la capacità di scambiarci un riconoscimento reciproco nel quadro delle istituzioni repubblicane.

Colpa della cattiva politica, senza dubbio, della politica mediocre, certamente della politica a bassa intensità. Ma colpa anche di questa nostra metà del campo, non solo del Palazzo: e cioè di un ottundimento spontaneo e autonomo della società, che sentendosi investita dall'onda lunga della mondializzazione, dove tutto è frantumato, disperso e portato in alto mare, tende a chiudersi davanti ai nuovi fenomeni invece di provare a governarli. Nel rinserrarsi di porte e finestre, come sotto l'uragano, ognuno pensa per sé e raduna le sue cose, spezza il filo che dal privato porta al pubblico, guarda il mondo dallo spioncino, vede soltanto la porzione ritagliata del suo spavento privato, trova tutto minaccioso o ostile e chiudendo si ritrae.

La metamorfosi sociale cambia anche la domanda che rivolgiamo alla politica. Gran parte della scommessa – oggi in crisi – della democrazia si gioca nella partita sempre aperta tra sicurezza e diritti, nel loro scambio. Una volta si diceva tra sicurezza e libertà, ma quando il sentimento della sicurezza si riduce, entra in crisi la percezione stessa degli spazi privati di libertà. Quello scambio si è bloccato, è addirittura saltato il banco. La sicurezza che ci dovrebbe garantire si gioca infatti ormai su una scala sovranazionale, di fronte a fenomeni di portata molto ampia, come sono le tre crisi della postmodernità: il terrorismo jihadista che attacca l'Occidente minacciando le democrazie, l'ondata migratoria che trasforma i nostri Paesi in una speranza di libertà e di futuro per i disperati del Terzo mondo mentre inquieta noi, la crisi del lavoro che espelle dalla produzione un pezzo di generazione matura e tiene nella precarietà avanzata i suoi figli e i suoi nipoti.

Ma noi torniamo come sempre a chiedere protezione allo Stato nazionale, pronti a barattare quote della nostra residua libertà in cambio di quote crescenti di sicurezza. Il problema è che quelle porzioni di libertà che noi siamo pronti a cedere non trovano nessuno interessato all'acquisto, perché il potere reale oggi vive altrove, nella dimensione senza materia dove s'incrociano i flussi delle informazioni e della finanza, e può fare a meno di questa relazione fisica e concreta di scambio. Mentre il buon vecchio Stato nazionale, anche se fosse interessato a comprare i nostri pezzi di libertà, non potrebbe in ogni caso garantire quel che vende, cioè la sicurezza che gli viene richiesta, perché le tre crisi superano le sue dimensioni, ormai ridotte rispetto alla scala ingovernabile dei fenomeni, e la sua potestà di governo, per forza di cose, resta limitata dentro i vecchi confini.

La domanda cruciale dell'epoca – domanda di tutela, addirittura di protezione, almeno di rassicurazione – rimane dunque senza risposta per lungo tempo, o meglio con le risposte classiche e tradizionali del governo democratico ordinario. Si può dire, è corretto dire, cifre alla mano, che l'emergenza migranti non c'è, proprio nel momento in cui viene proclamata come acutissima, cioè la prima metà del 2018? In Italia sono sbarcati 55 mila migranti in meno rispetto allo stesso periodo di un anno prima (una riduzione del 77 per cento), 36 mila in meno di due anni prima (un calo del 71 per cento).

Ma che cosa contano queste cifre se nessuno le trasforma in discorso politico, le trasporta nel linguaggio comune della vita quotidiana delle persone, le fa vivere di vita autonoma dando forma a un pensiero capace di competere sul mercato delle idee, e di convincere? Ecco che nello spazio vuoto cresce il sentimento straordinario che va al di là dei numeri, oltre la razionalità, diventa realtà fantasmatica, trapassa la politica e la deforma, imponendosi.

È un disorientamento che confina con la paura. La sensazione che il mondo sia addirittura fuori controllo, che i fenomeni siano più forti di chi li dovrebbe governare, che parlamenti, governi e istituzioni stiano rapidamente per finire fuori gioco. L'impressione di sentirsi esposti, non salvaguardati da quel tetto che è la politica, il potere pubblico, lo Stato. Una sorta di drammatica autonomia del caos, tipica dei momenti di fine d'epoca, quando un mondo ha fatto naufragio e tra le onde non si sa ancora quale altro mondo potrà nascere domani.

Tutto questo aumenta la nuova solitudine repubblicana in cui vive il cittadino che non si sente più tale, perché avverte che per i suoi interessi vitali la posta politica in gioco è comunque bassa, le offerte promettono ciò che non possono oggettivamente mantenere. È uno smarrimento democratico che fa saltare il vincolo di interdipendenza tra il singolo e il potere pubblico, perché non si cercano più risposte collettive ai problemi ma soltanto soluzioni individuali, per forza di cose sproporzionate in partenza e per sempre. Lo Stato e il cittadino diventano così la coppia simbolo della postdemocrazia, costretti a vivere insieme ma incapaci di parlarsi e di convincersi, potremmo dire di capirsi, e ormai senza alcun sentimento reciproco.

Anzi, no. Perché nel momento in cui sceglie questa sorta di solitaria secessione repubblicana, il cittadino è convinto di compiere con la sua rivolta e il suo rifiuto dello Stato un atto fortemente politico, ritrovando la passione nella ribellione. E non si accorge che in realtà celebra la sua retrocessione da cittadino a individuo, e lo Stato può fare a meno di lui, salvo scrutinarlo stancamente con il voto in una cabina ogni cinque anni: perché le derive solitarie si isolano, non si sommano quando l'esercizio dei diritti si privatizza e non sa farsi strada per incontrarsi con i diritti altrui, e la loro rivendicazione responsabile e consapevole.

Ci siamo arrivati: la mutazione coinvolge la politica, divorandola come se fosse soltanto uno dei vari nodi di intermediazione da tagliare, e non lo strumento per partecipare, governare, controllare, e anche per lottare, per coinvolgere e per trasformare. Cioè per continuare a sperare, magari a sognare insieme con gli altri. Dunque per contare, per non rinunciare. La metamorfosi degli ultimi anni ha trasformato l'oggetto e anche il soggetto, ingoiando forma e sostanza della politica tradizionale, rovesciandone la natura.

Naturalmente questo deperimento dei soggetti – lo Stato, il cittadino, i partiti, le istituzioni – indebolisce la democrazia. Impariamo ormai ogni giorno, a nostre spese, che la democrazia non basta a se stessa, perché il meccanismo democratico non si protegge da solo, come ci eravamo pigramente illusi dopo la vittoria sulle dittature del Novecento. La democrazia dipende da noi, non è data una volta per sempre, è una costruzione fragile e deteriorabile, bisognosa di manutenzione e di cure, la migliore delle quali è la sua efficacia, che si basa sull'efficienza e sulla capacità di rappresentanza del sistema politico, sulla trasparenza, sulla legalità, sul grado di benessere che viene garantito ai cittadini. Soprattutto, se oggi il funzionamento di una democrazia si giudica dal rapporto tra il bisogno di protezione e l'esercizio dei diritti, in questi anni nel sentimento comune dei nostri Paesi si percepisce un deficit di democrazia concreta, materiale, quella che interpella le esistenze individuali delle persone e delle loro famiglie.

Questo anche per colpa della svalutazione che la nostra epoca sta facendo dei diritti. Viviamo, a causa della crisi, in una stagione fredda segnata da una inedita gelosia del welfare e da un nuovissimo egoismo del lavoro, con le conquiste sociali e civili che si privatizzano come fossero privilegi, quasi che l'individuo spaventato non volesse condividere più nulla. Da spettanza – che ha tanto più valore quanto più è universale – il diritto custodito in solitudine e consumato in esclusiva diventa una franchigia, un appannaggio distintivo: un'altra cosa, un controsenso. Fino ai diritti nati dal lavoro, ridotti a variabili dipendenti della crisi, dunque disponibili alle esigenze della fase e comprimibili secondo la necessità, quindi precari. In definitiva diritti-nani.

Impostare una battaglia prima ancora culturale che parlamentare sui diritti significherebbe proprio per questo cercare un'altra politica, e costruire insieme un antidoto allo spirito dominante che spinge a privatizzare il poco benessere disponibile, distinguendo tra noi e gli altri. Con la scoperta che l'affermazione di un diritto (insieme con la responsabilità che ne consegue) incide sull'esperienza quotidiana delle persone, a cui vengono riconosciute nuove facoltà, ma agisce anche sulla cifra complessiva della qualità civile e democratica della comunità in cui viviamo. I diritti, poi, camminano. Aiutano a superare l'egoismo della crisi, aumentano l'autonomia responsabile degli individui, disegnano un contorno di società ogni volta più ampio, indicando che l'orizzonte di libertà e di consapevolezza si può spostare e quello spazio civile può crescere. In questo senso si potrebbe dire che i diritti e la libertà producono sicurezza.

Se i diritti ridisegnano il profilo della società in cui operano, persino la sinistra potrebbe trovare qui una sua ridefinizione culturale. Perché l'emancipazione che nasce dai diritti non è scollegata dall'emancipazione dal bisogno, dalla paura, dalla solitudine e dalla precarietà dell'esistenza: in comune c'è il recupero della dignità dell'uomo. Così per questa strada la sinistra potrebbe addirittura ritrovare il suo popolo.

Ma quando la dominante è la crisi, i diritti ripiegano. Nella crisi più lunga del secolo, scopriamo che un pezzo di popolo alla giustizia preferisce la sicurezza. Prima che emancipazione, pretende protezione, rappresentanza, forse soltanto riconoscimento. Questo si cercava in gran parte automaticamente a sinistra, da parte dei soggetti più deboli: non più. Sia per un ritardo culturale e politico dei suoi attori, sia perché ci sono altre agenzie sul mercato che scambiano riconoscimenti istintivi, rassicurazioni identitarie, scorciatoie prepolitiche. È un rovesciamento culturale, è il cambio del terreno di gioco. Si trasforma la domanda, s'inverte l'offerta, perché tutto è mutato nel decennio e la politica – anche quella in crisi – fa parte della vita, non della sua rappresentazione mimetica.

Scopriamo in ritardo che nulla è falso come la metafora del tunnel, abusata in questi anni. La crisi non è uno spazio neutro che possiamo attraversare appunto come una lunga galleria, accendendo i fari e rallentando la velocità, per uscire infine uguali a come eravamo entrati, restando dunque noi stessi, integri. Al contrario. È un agente sociale che modifica percorsi, gerarchie, riferimenti, scatenando paure libera istinti, selezionando esclusioni genera rancori, sovvertendo speranze provoca risentimenti. Agisce in alto e in basso sulla scala sociale, accentuando le polarizzazioni. Trasforma le disuguaglianze – che la democrazia tollera, attenuandole con gli ammortizzatori inventati dalla politica, come il welfare, l'istruzione obbligatoria, la sanità pubblica – in esclusioni, che nessun sistema democratico può scontare rimanendo intatto. La crisi, possiamo dirlo oggi voltandoci indietro, riconfigura il sociale.

Crisi e migrazioni portano così la democrazia davanti alla prova decisiva, nella tenaglia tra solidarietà e sicurezza. Guerre, fame, carestie e povertà mettono in marcia e per mare milioni di persone che cercano uno spazio di libertà dove appoggiare il futuro dei loro figli. L'Europa è la terra promessa naturale, geograficamente ma anche politicamente perché è un insieme di Paesi cristiani (la fraternità) che credono nella democrazia dei diritti (l'uguaglianza) e nella democrazia delle istituzioni (la libertà). Investita da quest'onda migratoria l'Europa non riesce a conciliare i suoi doveri morali di accoglienza con i suoi doveri politici, riassunti oggi nella sicurezza da garantire ai cittadini.

L'identità simbolica e morale raccolta in quei tre valori (libertà, fraternità, uguaglianza) sbiadisce di fronte all'identità fisica, basica, concreta, minima e quotidiana che le tre crisi sembrano mettere in gioco, soprattutto agli occhi della fascia più debole della nostra popolazione. Sono gli anziani, le persone sole che vivono nei piccoli centri e con l'immigrazione si trovano sotto casa un mondo rovesciato che non avevano mai avuto modo di conoscere fuori dai nostri confini, e temono di perdere il filo identitario di esperienze condivise, smarrendosi in un'incertezza di comunità che li rende egoisti di futuro, infragiliti, globalizzati a casa propria, vulnerabili esistenzialmente, dunque rapidamente testimoni miscredenti della democrazia: che li elude, mentre la vita li delude.

Non si tratta di una variabile sociologica minima o marginale. Perché alzando gli occhi dal particolare al generale, dal tinello italiano alla fabbrica chiusa, vediamo masse popolari che fuoriescono quotidianamente dal sistema dello Stato-benessere, dal sistema dell'economia sociale di mercato, dal sistema della democrazia occidentale articolato sul pensiero liberale che nel dopoguerra ha dato vita alle istituzioni e alle Costituzioni che ci hanno garantito settant'anni di pace e libertà. Trasmettendo al Paese l'idea che il sistema stesso si è prima svuotato e quindi afflosciato, come un sacco vuoto.

Tutto questo dovrebbe creare un problema enorme alla sinistra, visto che riguarda la fascia più debole della popolazione. Dovrebbe creare un problema gigantesco a tutte le forze democratiche, visto che si erode sotto i nostri occhi il perimetro della rappresentanza, su cui si fonda proprio la democrazia nella forma che abbiamo scelto. Dovrebbe suonare l'allarme per l'Occidente, terra della democrazia dei diritti e delle istituzioni. Siamo davanti a una disarticolazione degli orizzonti che si compie mentre la crisi inaridisce di per sé i canali della cittadinanza attiva, soverchia i cittadini facendoli sentire senza tutela e senza garanzie, svalorizza la politica come strumento di controllo e di governo, semina dubbi persino sulla democrazia come cornice di valori e di garanzie: che oggi suonano astratti, senza incidere sulla vita delle persone, o peggio, capaci di parlare soltanto ai soggetti garantiti.

Nella consunzione dei partiti, delle ideologie e delle culture, una sola presenza politica resiste facilmente, anzi prospera in quel mondo smarrito e infragilito di postcittadini che cercano tutela e risposta ai loro timori. È il populismo senza storia e senza cultura che si fa semplice specchio delle paure sparse, alimentandole invece di governarle, inventando linguaggi e soluzioni paramilitari (muri, affondamenti, respingimenti, marchi, filo spinato) che già nella concezione ribadiscono e fissano psicologicamente lo stato d'assedio che dovrebbero invece risolvere. Sono risposte primitive e propagandistiche a problemi complessi. Parlano a una paura spesso irrazionale, però esasperata, che non vede più un "conduttore" politico moderato e si rivolge a quel che trova, comprese le incitazioni a seguire gli istinti più bassi.

Il populismo sovranista cresce e prospera così, semplicemente catalogando le paure, capovolgendo la politica da soluzione a inventario e coltivazione dei problemi, denuncia permanente delle colpe altrui. I bersagli sono la globalizzazione e gli immigrati, il sistema politico e i partiti, trasformati in regime senza appello e soprattutto senza distinzione, facendo di tutta l'erba un fascio, mentre è evidente che la libertà di decidere del cittadino comincia proprio dalla sua capacità di distinguere e di scegliere. Se il sistema è un regime, è per forza di cose condannato in blocco, non serve più la politica per trasformarlo ma la rivoluzione per rovesciarlo, non si va in parlamento per correggerlo ma per ribaltarlo, così come le istituzioni non vanno conquistate, ma spodestate.

Anzi, il mito della rivoluzione genera incubi, come la profezia grillina sulla morte del parlamento, sostituito in pochi lustri dall'onnipotenza della rete nel sogno di ritagliarsi un pezzo di politica privata da costruirsi in casa e da consumare in solitudine scambiando la tecnoideologia per democrazia diretta. Fino alla provocazione dell'estrazione a sorte di deputati e senatori, per inseguire addirittura nell'azzardo del lancio dei dadi la casualità dell'uomo sconosciuto a cui affidare lo Stato. Con la mistica dell'uno-vale-uno che trasforma l'incompetenza anonima del singolo in virtù del popolo, quindi degna di per sé del comando, proprio perché incontaminata dal contagio elitario del sapere, dall'intermediazione baronale della selezione.

La democrazia dei dadi. Se nel sovranismo si punta sulla paura, qui si fa leva sullo spirito di rivalsa, di sovversione, sul risentimento. Due istinti sono così diventati i motori diversi ma paralleli della politica italiana, che si muove sulla base di pulsioni, emozioni, impulsi, sensazioni, fuori da ogni cornice culturale, fuori dalla vicenda repubblicana del dopoguerra, fuori dal sistema, condannato a marcire. Fuori. Si capisce che a questo punto la ferocia del linguaggio venga scambiata per autenticità, così come l'incompetenza viene rivendicata come estraneità a tutto ciò che è castale, sistemico, istituzionale: l'esperienza, la conoscenza, la competenza, il sapere. Siamo a un passo dal sostenere che l'ignoranza è garanzia d'innocenza, anzi la sua prova suprema e perfetta.

Le due rassicurazioni che i due populismi trasmettono al cittadino disorientato vengono da mondi opposti. L'universo "indigeno", fatto di terra, sangue, confini, colore della pelle e infine la croce: ma per evocare il Dio degli eserciti e non il Signore della misericordia, quindi un Dio molto poco italiano. E la mitologia dell'"altrove", un habitat virtuale incontaminato e chiuso in sé, dove la debolezza della politica dovrà consegnarsi ai dilettanti che trasformano in ribellismo autocentrato modesti curriculum personali di destra, itinerari tardodemocristiani, senza mai scegliere sui temi cruciali, trasformando l'onestà da necessaria precondizione a unica cifra della politica.

I due immaginari separati e distinti compongono un mondo, l'antisistema, dove l'unica moneta è l'antipolitica, dove il nemico comune è il meccanismo democratico europeo e il sistema di valori dell'Occidente. Stiamo assistendo semplicemente al contatto e all'incontro tra la domanda politica più spaventata e meno autonoma degli ultimi anni e un'offerta politica insieme ideologica e opportunistica, apparentemente estrema, in realtà minima. La prima chiede tutela quasi soltanto attraverso l'esclusione dei migranti, il respingimento, accontentandosi di non vedere il fenomeno purché le città che abita siano "ripulite" e i respinti – i rifiuti – finiscano altrove, non importa dove. La seconda asseconda gli istinti e rinuncia ai ragionamenti, anzi favorisce l'equivoco concettuale, il legame psicologico tra immigrazione e tutela, il passaggio decisivo, psicopolitico, dal problema della sicurezza in generale alla sua percezione individuale in altri termini, ormai di incolumità personale. Sceneggiando prove di forza con i più deboli, alla ricerca di un lucro politico a breve, che mette fuori gioco ideali, storie, tradizioni, identità politiche, e cioè quella civiltà italiana dei nostri padri e delle nostre madri che si vorrebbe difendere. E che ha dato forma alla democrazia imperfetta, fragile, ma capace di garantirci la libertà di questi decenni di dopoguerra.

L'ultima questione nasce proprio qui, sul bordo di questo paesaggio trasformato, e riguarda la tentazione mortale della democrazia, in tutta Europa. Perché giunta estenuata fin qui, nel secolo del dubbio, dopo aver affrontato un corpo a corpo decisivo con la crisi economica, la democrazia occidentale si trova davanti a una lusinga letale, l'ultima: quella di sopravvivere separandosi dai suoi principi e dai suoi valori. Come se fosse una semplice creatura novecentesca, che può traghettare nella nuova epoca, a patto però di piegarsi allo spirito dei tempi, più forte delle Costituzioni e delle istituzioni, incurante della storia e delle sue lezioni. D'altra parte sarebbe ingenuo pensare che solo la democrazia – suprema forma, sovrastruttura – sopravviva incolume alla grande metamorfosi, incontaminata.

Nell'Europa sottosopra che abitiamo non c'è in questi anni venti che si avvicinano una minaccia di sovvertimento dell'ordine costituito, come all'inizio del secolo scorso, con movimenti eversivi che hanno progetti dittatoriali. C'è però la democrazia ridotta a forma, per essere riempita di una nuova sostanza rispetto alla cultura in cui è cresciuta nello Stato democratico moderno. Un esperimento inedito: la democrazia che prova a sopravvivere tagliando le proprie radici. Tutto è riassunto nell'affermazione di Zoltán Kovács, l'ideologo del premier neoconservatore ungherese Orbán, punto di riferimento di questo contropensiero europeo di nuovo conio: "La democrazia non è per forza liberale".

Ridotte ai minimi termini le sinistre, il nemico dei nuovi sovrani sembra essere diventato proprio il pensiero liberale che ha prima plasmato le forme istituzionali che conosciamo nel mondo libero, poi le Costituzioni nell'incontro con la cultura politica di sinistra, cristiana e repubblicana, intorno ai concetti di libertà, responsabilità, solidarietà e diritti. Tutto questo non basta più. Anzi è colpevole. Il pensiero liberale tradotto nelle istituzioni, spiegano i sovranisti, non ha saputo creare governi che riparassero i popoli dall'onda della globalizzazione, non ha prodotto politiche che fermassero il flusso migratorio. In più si è contaminato di progressismo, è scaduto a multiculturalismo, si è corrotto nel cosmopolitismo, ha ceduto sull'eurocentrismo, è indistinguibile dal globalismo. Siamo al paradosso per cui la matrice che ha formato la tradizione della struttura politica europea viene accusata di non difendere le tradizioni dei suoi popoli. Appunto, una nuova sostanza vuole abitare la vecchia forma.

La democrazia può ridursi così a un'impalcatura posticcia e ingannevole, come quelle conchiglie in riva al mare esternamente perfette, mentre dentro l'organismo sta morendo. Il prototipo europeo è infatti quello di una vera e propria "democrazia illiberale", una creatura ideologica che ancora non avevamo conosciuto, che punta sui muri, sul controllo delle magistrature, sull'assoggettamento dei media, sull'indebolimento dello Stato di diritto e del welfare, sulla polemica contro "l'élite globalista", contro "chi non ha una madrepatria", contro Bruxelles. Con la nuova radicalizzazione che travolge la destra, oggi il mestiere più difficile sul campo è quello del buon conservatore, perché gli spazi moderati si restringono, come quelli del buon senso.

Così, nella metamorfosi sociale in corso non poteva non cambiare la struttura del discorso pubblico, attraverso cui si formano i giudizi e le convinzioni collettive. Nel grande traffico di commenti individuali, che sui social network ci tengono costantemente collegati al piccolo universo privato di chi seguiamo e di chi ci segue, viene meno il concetto di "pubblico", nel senso di comune, collettivo, disponibile a tutti, per l'agire insieme. Il senso comune ha soppiantato l'opinione pubblica: ma mentre l'opinione pubblica, nel bene e nel male, è un soggetto critico, verticale, distinto dal potere e capace nella sua autonomia di giudicarlo, al contrario il potere è produttore di senso comune, e molto spesso ne è il principale e più efficace interprete, facendolo scorrere in una dimensione orizzontale, ambigua, dal Palazzo verso la folla.

Questo scarto nella sensibilità collettiva sposta come abbiamo visto la soggettività dal cittadino all'individuo, che quando si somma non diventa popolo, ma folla, secondo la definizione di Le Bon "simile alle foglie che il turbine solleva, disperde in tutti i sensi, e poi lascia ricadere". Volubili e impulsivi, viviamo immersi nel senso comune. Ma con una sorpresa: la radicalità si è impossessata del recinto d'opinione collettiva, ha fatto blocco con il pensiero estremo, ha agganciato il codice del politicamente scorretto, ha cancellato i discorsi moderati, le sfumature, i ragionamenti complessi, gli spazi mediani. Senza più argini culturali, sul terreno incustodito, come per gemmazione spontanea da questo coacervo di vulnerabilità ribelli e risentite è nato un senso comune "naturalmente" di destra, nazionalista e addirittura lepenista, estremista come se fosse normale, immediatamente oltranzista, qualcosa che l'Italia del benessere non aveva ancora sperimentato nella ferocia spontanea dei suoi giudizi e delle sue promesse formulate come minacce.

Come se una violenza invisibile fosse sospesa sulla nostra società inquieta, tutto ciò ha effetti non solo sul contesto, ma sugli equilibri sociali concreti, vale a dire gli spazi materiali e simbolici in cui ci muoviamo e operiamo ogni giorno. La democrazia, sotto il livello dei principi, delle leggi e delle istituzioni, è in realtà un sistema di garanzie reciproche che ci scambiamo mentre viviamo, quando accompagniamo i nostri figli al cinema, ci fermiamo al bar con gli amici, riuniamo i nostri parlamenti, preghiamo o decidiamo di non pregare, andiamo fuori a cena. Questi campi di riconoscimento sono in continuo movimento, con la nostra libertà condizionata dal clima sociale, dal sentire collettivo, dal sentimento comune, com'è ovvio. Fuori programma, li stiamo spostando, stiamo correggendo il meccanismo proporzionato che fin qui ci sorreggeva.

Smuoviamo ogni giorno il limite del consentito a noi stessi: un po' più in là. Il limite del tollerato. Ciò che fino a ieri non ci permettevamo e non concedevamo agli altri.

Contribuiamo a cambiare l'atmosfera, l'ambiente, il carattere stesso della nostra società. Con il silenzio, con l'assenso, con la mancanza di un dubbio, di una posizione forte di minoranza, di una critica, di un'obiezione capace di raccogliere un problema indicando una diversa via di soluzione. Ciò che si chiamava una volta l'opposizione.

Il risultato è una modificazione del quadro – potremmo dire culturale – di riferimento. Quanto più le opinioni diventano estreme, tanto più lo schema diviene elementare, primitivo. Il risultato siamo "noi" e "loro" – ormai nient'altro – individuati e definiti in base alla razza, alla terra, alla lingua, alla religione, alla nazionalità, come se fossimo regrediti all'accampamento contrapposto di due tribù. La distinzione diventa separazione, poi antagonismo, dunque allarme, quindi isolamento, infine contrapposizione: "noi" dentro, "loro" fuori.

Un passo ancora, e si rompe quel vincolo di società che aveva caratterizzato fin qui il nostro Paese. Ciò che noi siamo, vale per noi, non più per loro. Quella libera obbligazione degli uni verso gli altri che fa parte della storia della nostra civiltà viene prima confutata, poi rifiutata definitivamente. Senza quella connessione viene meno l'obbligo politico della responsabilità, svanisce il fondamento evangelico della misericordia. Dalla non inclusione all'esclusione e all'ostracismo il passaggio è breve.

Ci siamo. La domanda biblica non la sentiamo più.

Nemmeno la sfida illuminista del secolo: far stare la disperazione dell'altro mondo dentro lo spazio della razionalità europea, della sua capacità solidale di governo. Una sfida oggi perduta.

Poi, un giorno, arriverà il momento di chiederci cosa ce ne faremo di un'Europa turrita e murata, ma con l'anima smarrita, dentro un Occidente ridotto a puro crepuscolo.

Bibliografia

AA.VV., *Italia 2017: la realtà su misura*, Ipsos, Bergamo 2017.

AA.VV., *Rapporto sulla popolazione. Le molte facce della presenza straniera in Italia*, il Mulino, Bologna 2017.

Agamben Giorgio, *Che cos'è il contemporaneo?*, Nottetempo, Roma 2008.

Aime Marco, *Contro il razzismo. Quattro ragionamenti*, Einaudi, Torino 2016.

Bauman Zygmunt, *La società sotto assedio*, Laterza, Roma-Bari 2005.

Bauman Zygmunt, *Vite di scarto*, Laterza, Roma-Bari 2005.

Bauman Zygmunt, *Paura liquida*, Laterza, Roma-Bari 2008.

Bauman Zygmunt, *Il demone della paura*, Laterza/Gruppo Editoriale L'Espresso, Roma 2014.

Beck Ulrich, *Che cos'è la globalizzazione*, Carocci, Roma 1999.

Beck Ulrich, *Costruire la propria vita*, il Mulino, Bologna 2008.

Behringer Wolfgang, *Le streghe*, il Mulino, Bologna 2008.

Bethencourt Francisco, *Razzismi. Dalle crociate al XX secolo*, il Mulino, Bologna 2017.

Bettini Maurizio, *Radici*, il Mulino, Bologna 2016.

Boschetti Anna, *La rivoluzione simbolica di Pierre Bourdieu*, Marsilio, Venezia 2003.

Brague Rémi, *Il futuro dell'Occidente*, Bompiani, Milano 2005.

Camus Albert, *Il futuro della civiltà europea*, Castelvecchi, Roma 2012.

Chapoutot Johann, *Controllare e distruggere*, Einaudi, Torino 2015.

Chapoutot Johann, *La legge del sangue*, Einaudi, Torino 2016.

Fernández Domiciano, *Il peccato originale*, Isg edizioni-MARNA, Vicenza/Barzago 2002.
Finotti Fabio, *Italia. L'invenzione della patria*, Bompiani, Milano 2016.
Forti Simona e Revelli Marco, *Paranoia e politica*, Bollati Boringhieri, Torino 2007.
Galli della Loggia Ernesto, *L'identità italiana*, il Mulino, Bologna 1998.
Geiselberger Heinrich (a cura di), *La grande regressione. Quindici intellettuali da tutto il mondo spiegano la crisi del nostro tempo*, Feltrinelli, Milano 2017.
Graziano Manlio, *Frontiere*, il Mulino, Bologna 2017.
Guolo Renzo, *Identità e paura: gli italiani e l'immigrazione*, Forum, Udine 2010.
Guolo Renzo, *Xenofobi e xenofili*, Laterza, Roma-Bari 2003.
Habermas Jürgen e Taylor Charles, *Multiculturalismo*, Feltrinelli, Milano 2008.
Han Byung-Chul, *Psicopolitica*, Nottetempo, Roma 2016.
Han Byung-Chul, *L'espulsione dell'Altro*, Nottetempo, Milano 2017.
Jullien François, *L'identità culturale non esiste*, Einaudi, Torino 2018.
Le Goff Jacques, *Il Medioevo. Alle origini dell'identità europea*, Laterza, Roma-Bari 2003.
Mishra Pankaj, *L'età della rabbia*, Mondadori, Milano 2018.
Massari Monica, *Il corpo degli altri. Migrazioni, memorie, identità*, Orthotes, Napoli-Salerno 2017.
Morin Edgar, *Pensare l'Europa*, Feltrinelli, Milano 1990.
Nemo Philippe, *Che cos'è l'Occidente?*, Rubbettino, Soveria Mannelli 2009.
Nietzsche Friedrich, *Il nichilismo europeo*, Adelphi, Milano 2006.
Pisanty Valentina, *Educare all'odio. La difesa della razza (1938-1943)*, Motta, Milano 2004.
Pogliano Claudio, *L'ossessione della razza*, ediz. Normale, Pisa 2005.
Ranulf Svend, *Indignazione e psicologia della classe media*, Medusa, Milano 2012.
Recalcati Massimo, *I tabù del mondo*, Einaudi, Torino 2017.
Ries Julien, *Simbolo. Le costanti del sacro*, Jaka Book, Milano 2008.
Sémelin Jacques, *Purificare e distruggere*, Einaudi, Torino 2007.

Slama Alain-Gérard, *La régression démocratique*, Perrin, Paris 2002.
Sofsky Wolfgang, *Rischio e sicurezza*, Einaudi, Torino 2005.
Steiner George, *Una certa idea di Europa*, Garzanti, Milano 2006.
Wagner Peter, *Modernità*, Einaudi, Torino 2013.
Wehler Hans-Ulrich, *Nazionalismo*, Bollati Boringhieri, Torino 2002.
Zamperini Adriano, *L'ostracismo*, Einaudi, Torino 2010.
Žižek Slavoj, *La violenza invisibile*, Rizzoli, Milano 2007.

Ringraziamenti

Questo libro parte da lontano, perché riprende il filo da un primo nucleo di ragionamento che avevo fatto su "Repubblica" intorno ai fatti di Rosarno, nel gennaio 2010, quando era comparso l'"uomo bianco" nella geografia sociale e politica italiana. È un tema che ho ripreso più volte negli anni successivi, sulla spinta dei fatti di cronaca, e che ho sviluppato a fondo in questo lavoro. La vicenda di Macerata è stata una conferma e un amplificatore, seguita da una serie crescente di episodi che testimoniano una mutazione in atto nel Paese, che ho provato a raccontare.

Ringrazio prima di tutto gli amici di "Repubblica" che conoscendo questa mia inchiesta mi hanno via via segnalato ciò che stava accadendo nelle diverse realtà. In particolare Attilio Bolzoni, Giuseppe Baldessarro e Alessia Candito che mi hanno guidato nelle ricognizioni sulle vicende calabresi.

L'avvocato Giancarlo Giulianelli, difensore di Luca Traini, è stato un interlocutore intelligente e prezioso, che mi ha consentito di studiare e capire da vicino la vicenda di Macerata, rivolgendo al suo assistito tutte le domande che nascevano durante la scrittura.

Fausta Mattei e Stella Somma, come sempre, hanno dato un'organizzazione al mio lavoro.

Alessia Dimitri ha condiviso ogni passo del libro, pagina per pagina, con suggerimenti sempre utilissimi e puntuali: di questa passione attenta la ringrazio insieme con tutta la squadra Feltrinelli.

Indice

CHARLUS

- Deplaante, bug pluvial

-